只剩下皂荚炊烟
只剩下风
刘亮程

一缕炊烟升起

刘亮程 著

四川文艺出版社

目录

CONTENTS

第一辑 落在一生中的雪

寒风吹彻 / 003

炊烟是村庄的根 / 010

我正一遍遍经历谁的童年 / 013

终于轮到我说话了 / 024

给太阳打个招呼 / 030

墙洞 / 036

月光里的贼 / 048

驴叫是红色的 / 055

树倒了 / 062

树会记住许多事 / 074

○ 第二辑　在荒芜中游荡

走着走着只剩下我一个人 / 081

家园荒芜 / 089

别人的村庄 / 104

逃跑的马 / 114

谁也没走掉 / 121

我孤单一人站在童年 / 127

月亮在叫 / 130

等一只老鼠老死 / 138

一个人回来 / 145

远路上的新疆饭 / 151

天空的大坡 / 164

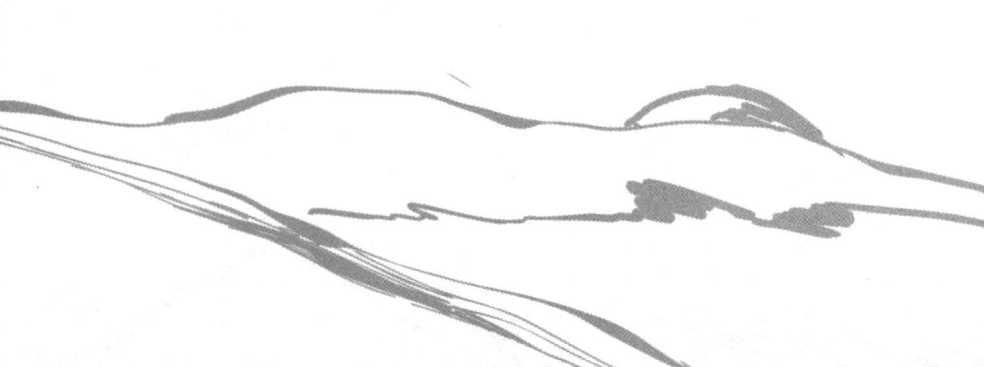

○ 第三辑　留住一个村庄

我挡住了什么 / 171

我五岁的早晨 / 174

今生今世的证据 / 187

一朵花向整个大地开放自己 / 190

通驴性的人 / 195

只剩下风 / 201

荒野从没埋掉一个人 / 203

把时间绊了一跤 / 208

房子的主人回来了 / 212

我改变的事物 / 221

住多久才算是家 / 225

第一辑　落在一生中的雪

寒风吹彻

雪落在那些年雪落过的地方，我已经不注意它们了。比落雪更重要的事情开始降临到生活中。三十岁的我，似乎对这个冬天的来临漠不关心，却又一直在倾听落雪的声音，期待着又一场雪悄无声息地覆盖村庄田野。

我静坐在屋子里，火炉上烤着几片馍馍，一小碟咸菜放在炉旁的木凳上，屋里光线暗淡。许久以后我还记起我在这样的一个雪天，围抱火炉，吃咸菜啃馍馍想着一些人和事情，想得深远而入神。柴火在炉中啪啪地燃烧着，炉火通红，我的手和脸都烤得发烫了，脊背却依旧凉飕飕的。寒风正从我看不见的一道门缝吹进来。冬天又一次来到村里，来到我的家。我把怕冻的东西一一搬进屋子，糊好窗户，挂上去年冬天的棉门帘，寒风还是进来了。它比我更熟悉墙上的每一道细微裂缝。

就在前一天，我似乎已经预感大雪来临。我劈好足够烧半个月的柴火，整齐地码在窗台下。把院子扫得干干净净，无意中像在迎接一位久违的贵宾——把生活中的一些事情扫到一边，腾出干净的一片地方来让雪落下。下午我还走出村子，到田野里转了一圈。我没顾上割回来的一地葵花秆，将在大雪中站一个冬天。每年下雪之前，都会发现有一两件顾不上干完的事而被搁一个冬天。冬天，有多少人放下一年的事情，像我一样用自己那只冰手，从头到尾地抚摸自己的一生。

屋子里更暗了，我看不见雪。但我知道雪在落，漫天地落。落在房顶和柴垛上，落在扫干净的院子里，落在远远近近的路上。我要等雪落定了再出去。我再不像以往，每逢第一场雪，都会怀着莫名的兴奋，站在屋檐下观看好一阵，或光着头钻进大雪中，好像有意要让雪知道世上有我这样一个人，却不知道寒冷早已盯住了自己活蹦乱跳的年轻生命。

经过许多个冬天之后，我才渐渐明白自己再躲不过雪，无论我蜷缩在屋子里，还是远在冬天的另一个地方，纷纷扬扬的雪，都会落在我正经历的一段岁月里。当一个人的岁月像荒野一样敞开时，他便再无法照管好自己。

就像现在，我紧围着火炉，努力想烤热自己。我的一根骨头，却露在屋外的寒风中，隐隐作痛。那是我多年前冻坏的一根骨头，我再不能像捡一根牛骨头一样，把它捡回到火炉旁烤热。它永远地冻坏在那段天亮前的雪路上了。

那个冬天我十四岁，赶着牛车去沙漠里拉柴火。那时一村人都靠长在沙漠里的梭梭柴取暖过冬。因为不断砍挖，有柴火的地方越来越远，往往要用一天半夜时间才能拉回一车柴火。每次去拉柴火，都是母亲半夜起来做好饭，装好水和馍馍，然后叫醒我。有时父亲也会起来帮我套好车。我对寒冷的认识是从那些夜晚开始的。

牛车一走出村子，寒冷便从四面八方拥围而来，把我从家里带出的那点温暖搜刮得一干二净，浑身上下只剩下寒冷。

那个夜晚并不比其他夜晚更冷。

只是我一个人赶着牛车进沙漠。以往牛车一出村，就会听到远远近近的雪路上其他牛车的走动声，赶车人隐约的吆喝声。只要紧赶一阵路，便会追上一辆或好几辆去拉柴的牛车，一长串，缓行在铅灰色的冬夜里。那种夜晚天再冷也不觉得。因为寒风在吹好几个人，同村的、邻村的、认识和不认识的好几架牛车在这条夜路上抵挡着寒冷。

而这次，一野的寒风吹着我一个人。似乎寒冷把其他一切都收拾掉了。现在全部地对付我。

我披紧羊皮大衣，一动不动趴在牛车里，不敢大声吆喝牛，免得让更多的寒冷发现我。从那个夜晚我懂得了隐藏温暖——在凛冽的寒风中，身体中那点温暖正一步步退守到一个隐秘得连我自己都难以找到的深远处——我把这点隐深的温暖节俭地用于此后多年的爱情和生活。我的亲人们说我是个很冷的人，不是的，我把仅有的温暖全给了你们。

许多年后有一股寒风，从我自以为火热温暖的从未被寒冷浸入的内心深处阵阵袭来时，我才发现穿再厚的棉衣也没用了。生命本身有一个冬天，它已经来临。

天亮后，牛车终于到达有柴火的地方。我的一条腿却被冻僵了，失去了感觉。我试探着用另一条腿跳下车，拄着一根柴火棒活动了一阵，又点了一堆火烤了一会儿，勉强可以行走了，腿上的一块骨头却生疼起来，是我从未体验过的一种疼，像一根根针刺在骨头上又狠命往骨髓里钻——这种疼感一直延续到以后所有的冬天以及夏季里阴冷的日子。

太阳落地时，我装着半车柴火回到家里，父亲一见就问我：怎么拉了这点柴，不够两天烧的。我没吭声。也没向家里说腿冻坏的事。

我想很快会暖和过来。

那个冬天要是稍短些，家里的火炉要是稍旺些，我要是稍把这条腿当回事，或许我能暖和过来。可是现在不行了。隔着多少个季节，今夜的我，围抱火炉，再也暖不热那个遥远冬天的我，那个在上学路上不慎掉进冰窟窿，浑身是冰往回跑的我，那个跺着冻僵的双脚，捂着耳朵在一扇门外焦急等待的我……我再不能把他们唤回这个温暖的火炉旁。我准备了许多柴火，是准备给这个冬天的。我才三十岁，肯定能走过冬天。

但在我周围，肯定有个别人不能像我一样度过冬天。他们被留住了。冬天总是一年一年地弄冷一个人，先是一条腿、一块骨头、一副表情、一种心境……而后整个人生。

我曾在一个寒冷的早晨，把一个浑身结满冰霜的路人让进屋子，给他倒了一杯热茶。那是个上了年纪的人，身上带着许多个冬天的寒冷，当他坐在我的火炉旁时，炉火须臾间变得苍白。我没有问他的名字，在火炉的另一边，我感觉到迎面逼来的一个老人的透骨寒气。

他一句话不说。我想他的话肯定全冻硬了，得过一阵才能化开。

大约坐了半个时辰，他站起来，朝我点了一下头，开门走了。我以为他暖和过来了。

第二天下午，听人说村西边冻死了一个人。我跑过去，看见这个上了年纪的人躺在路边，半边脸埋在雪中。

我第一次看到一个人被冻死。

我不敢相信他已经死了。他的生命中肯定还深藏着一点温暖，只是我们看不见。一个人最后的微弱挣扎我们看不见，呼唤和呻吟我们听不见。

我们认为他死了。彻底地冻僵了。

他的身上怎么能留住一点点温暖呢。靠什么去留住。他的烂了几个洞、棉花露在外面的旧棉衣？底快磨通、一边帮已经脱落的那双鞋？还有，他多少个冬天积累起来的彻骨寒冷。

落在一个人一生中的雪，我们不能全部看见。每个人都在自己的生命中，孤独地过冬。我们帮不了谁。我的一小炉火，对这个贫寒一生的人来说，显然微不足道。他的寒冷太巨大。

我有一个姑妈，住在河那边的村庄里，许多年前的那些个冬天，我们兄弟几个常走过封冻的玛河去看望她。每次临别前，姑妈总要说一句：天热了让你妈过来喧喧。

姑妈年老多病，她总担心自己过不了冬天。天一冷她便足不出户，偎在一间矮土屋里，抱着火炉，等待春天来临。

一个人老的时候，是那么渴望春天来临。尽管春天来了她没有一片要抽芽的叶子，没有半瓣要开放的花朵。春天只是来到大地上，来到别人的生命中。但她还是渴望春天，她害怕寒冷。

我一直没有忘记姑妈的这句话，也不止一次地把它转告给母亲。母亲只是望望我，又忙着做她的活。母亲不是一个人在过冬，她有五六个没长大的孩子，她要拉扯着他们度过冬天，不让一个孩子受冷。她和姑妈一样期盼着春天。

天热了，母亲会带着我们，蹚过河，到对岸的村子里看望姑妈。姑妈也会走出蜗居一冬的土屋，在院子里晒着暖暖的太阳和我们说说笑笑……多少年过去了，我们一直没有等到这个春天。好像姑妈那句话中的"天"一直没有热。

姑妈死在几年后的一个冬天。我回家过年，记得是大年初四，我陪着母亲沿一条即将解冻的马路往回走。母亲在那段路上告诉我姑妈去世的事。她说："你姑妈死掉了。"

母亲说得那么平淡，像在说一件跟死亡无关的事情。

"怎么死的？"我似乎问得更平淡。

母亲没有直接回答我。她只是说："你大哥和你弟弟过去帮助料理了后事。"

此后的好一阵，我们再没说话，只顾静静地走路。快到家门口时，母亲说了句："天热了。"

我抬头看了看母亲，她的身上散着热气，或许是走路的缘故，不过天气真的转热了。对母亲来说，这个冬天已经过去了。

"天热了过来喧喧。"我又想起姑妈的这句话。这个春天再不属于姑妈了。她熬过了许多个冬天还是被这个冬天留住了。我想起奶奶也是死在多年前的冬天。母亲还活着。我们在世上的亲人会越来越少。我告诉自己，不管天冷天热，我都常过来和母亲坐坐。

母亲拉扯大她的七个儿女。她老了。我们长高长大的七个儿女，或许能为母亲挡住一丝的寒冷。每当儿女们回到家里，母亲都会特别高兴，家里也顿添热闹的气氛。

但母亲斑白的双鬓分明让我感到她一个人的冬天已经来临，那些雪开始不退、冰霜开始不融化——无论春天来了，还是儿女们的孝心和温暖备至。

随着三十年的人生距离，我感受着母亲独自在冬天的透心寒冷。我无能为力。

雪越下越大。天彻底黑透了。

我围抱着火炉，烤热漫长一生的一个时刻。我知道这一时刻之外，我其余的岁月，我的亲人们的岁月，远在屋外的大雪中，被寒风吹彻。

炊烟是村庄的根

当时在刮东风,我们家榆树上的一片叶子,和李家杨树上一片叶子,在空中遇到一起,脸贴脸,背碰背,像一对恋人和兄弟,在风中欢舞着朝远处飞走了。它们不知道我父亲和李家有仇。它们快乐地飘过我的头顶时,离我只有一膀子高,我手中有根树条就能打落它们。可我没有。它们离开树离开村子满世界转去了。我站在房顶,看着满天空的东西向东飘移,又一个秋天了,我的头愣愣的,没有另一颗头在空中与它遇到一起。

如果大清早刮东风,那时空气潮湿,炊烟贴着房顶朝西飘。清早柴火也潮潮的,冒出的烟又黑又稠。在沙沟沿新户人家那边,张天家的一溜黑烟最先飘出村子,接着王志和家一股黄烟飘出村子。烧碱蒿子冒黄烟、烧麦草和苞谷秆冒黑烟,烧红柳冒紫烟、梭梭柴冒青烟、榆树枝冒蓝烟……村庄上头通常冒七种颜色的烟。

老户人家这边,先是韩三家、韩老二家、张桩家、邱老二家的炊烟一挨排出了村子。路东边,我们家的炊烟在后面,慢慢追上韩三家的炊烟,韩元国家的炊烟慢慢追上邱老二家的炊烟,冯七家的炊烟慢慢追上张桩家的炊烟。

我们家烟囱和韩三家烟囱错开了几米,两股烟很少相汇在一起,总是并排儿各走各的,飘再远也互不理识。韩元国和邱老二两家的烟囱对个正直,刮风时不是邱老二家的烟飘过马路追上韩元国家的,就是韩元国家的烟越过马路追上邱老二家的,两股烟死死缠在一起,扭成一股朝远处飘。

早先两家好的时候,我听见有人说,你看这两家好得连炊烟都缠抱在一起。后来两家有了矛盾,炊烟仍旧缠抱在一起。韩元国是个火爆脾气,他不允许自家的孩子和邱老二家的孩子一起玩,更不愿意自家的炊烟与仇家的纠缠在一起,他看着不舒服,就把后墙上的烟囱捣了,挪到了边墙上。再后来,我们家搬走的前两年,那两家又好得不得了了,这家做了好饭隔着路喊那家过来吃,那家有好吃的也给这家端过去,连两家的孩子间都按大小叫哥叫弟。只是那两股子炊烟,再走不到一起了。

如果刮一阵乱风,全村的炊烟像一头乱发绞缠在一起。麦草的烟软,梭梭柴的烟硬,碱蒿子的烟最呛人。谁家的烟在风中能站直,谁家的烟一有风就趴倒,这跟所烧的柴火有关系。

炊烟是村庄的头发。我小时候这样比喻。大一些时我知道它是村庄的根。我在滚滚飘远的一缕缕炊烟中,看到有一种东西被它从高远处吸纳了回来,丝丝缕缕地进入每一户人家的每一口锅底,锅里的饭、碗,每一张嘴。

夏天的早晨我从草棚顶上站起来,我站在缕缕炊烟之上,看见这个镰刀状的村子冒出的烟,在空中形成一把巨大无比的镰刀,这把镰刀刃朝西,缓慢而有力地收割过去,几百个秋天的庄稼齐刷刷倒了。

我正一遍遍经历谁的童年

谁的叫声让一束花香听见

一些沙枣花向着天上的一颗星星开,那些花香我们闻不见。她穿过夜空,又穿过夜空,香气越飘越淡。在一个夜晚,终于开败了。

可能那束花香还在向远空飘,走得并不远,如果喊一声,她会听见。

可是,谁的叫声会让一束花香听见。那又是怎样的一声呼唤,她回过头,然后一切都会被看见——一棵开着黄白碎花的沙枣树,枝干曲扭,却每片叶子都向上长,每朵花都朝天开放。树下的人家,房子矮矮的,七口人,男人在远路上,五岁的孩子也不在家,母亲每天黄昏在院门外喊,那孩子就蹲在不远的沙包上,一声不吭,看着村子一片片变黑,自己家的院子变黑,母亲的喊声变黑。夜里每个窗户和门都关不住,风把它们一一推开。那孩子魂影似的回来,蹲在树杈上,看着空荡荡的房子。人都到哪去了。妈妈。妈妈。那孩子使劲喊,却从来没喊出一句。

另外一个早晨,这家的男人又要出远门,马车吆出院子,都快走远了,突然听见背后的喊声。

"呔。"

只一声。他蓦然回头,看见自己家的矮土房子,挨个站在门前沙枣树下的亲人:妻子一脸愁容,五个孩子都没长大,枯枯瘦瘦的,围在母亲身边。那个五岁的孩子站在老远处,一双眼睛空空荡荡地望着路——这就是我的日子。他一下全看见了。

他满脸泪水地停住。

他是我父亲,那个早晨他没走成,被母亲喊住了。我蹲在远远的土墙上,看见他转身回来。车上的皮货卸下来,马牵进圈棚。那以后他在家待了三年,或是五年,我记不清。我以后的生活被别人过掉了,我再没看见这个叫父亲的人。也许他给别人当父亲去了。我记住的全是他的背影,那是他青年接近中年的样子,脊背微驮,穿一件蓝布上衣,衣领有点破了,晒得发白的后背上,落着尘土和草叶,他不知道自己脊背上的土和草叶,他一直背着它。那时候我想,等我长大长高一些,我会帮他拍打脊背上的土,我会帮他把后脑勺的一撮头发捋顺。我一直没长大。我像个跟屁虫,跟在他后面,似乎从没走到前头,看见过他的脸。我想不起他的微笑,不知道他衣服的前襟,有几颗纽扣。

还有他的眼睛，我只看见他看见过的东西，他望远处时我也望远处，他低头看脚下的虫子时我也看着虫子，他目光抚过的每样东西我都亲切无比。但我从没看见他的眼睛。有一天我和他迎面相遇，我会认不出他，与他相错而去。我只有跟在后面，才会认识他，才是他儿子。他只有走在前面，才是我父亲。

在我更小的时候，他把我抱在胸前，我那时的记忆全是黑暗，如果我出生了，那一刻我会看见，我的记忆到哪去了。我怎么一点都想不起出生时的情景，我连母乳的味道都忘记了，我不会说话的那几个月、一年，我用什么样的声音说出了我初来人世的惊恐和欢喜。

还有什么没有被看见。

那棵沙枣树又陪我们过了一年。如果树有眼睛，它一样会看见我们的生活，看见自己的叶子和花在风中飘远。更多的叶子落在树下，被我们扫起。树会看见我们砍它的一个枝干做了锨把。那个断茬慢慢地长成树上的一只眼睛，它天天看见立在墙根的铁锨，看见它的枝做成的锨把，被我们一天天磨光磨细。父亲拿锨出去的早晨它看见了，我一身尘土回来的傍晚他看见了。整个晚上，那个断茬长成的树眼，直直地盯着我们家院子，盯着月亮下的窗户和门。它看见什么了。那个蹲在树杈的五岁男孩又看见了什么。

夜夜刮风。风把狗叫声引向北边的戈壁沙漠。雪把牛哞单独包裹起来，一片片撒向东边的田野。雨落在大张的驴嘴里。夜晚的驴叫是下向天空的一场雨，那些闪烁的星星被驴叫声滋润。每一粒星光都是深夜的一声惊叫。我们听不见。我们看见的只是它看我们的遥远目光。

多少年后，我才能说出今天傍晚的一滴雨，它落在额头，冰凉传到内心时我已是一个中年人。当什么突然地击疼我，多少年后，谁发出一声叫喊。那些我永远不会叫出的喊声，星星一样躲得远远。我被她胆怯地注视。

多少年后，我才碰见今天发生的事情，它们走远又回来。就像一声狗吠游遍世界回到村里，惊动所有的狗，跟自己多年前的回音对咬。

有一种小黑沙枣，专门长着喂鸟。人也喜欢吃。熟透了黑亮黑亮。人看着树上的沙枣做农活，沙枣刚黑一点小尖时，编耱，收拾磙子。沙枣黑一半时，麦种摊在苇席上晾半天，拌种的肥料碾碎。沙枣全黑时鸟全聚在树上，人下地，把麦子播撒下去。对鸟来说，沙枣的甘甜比麦粒可口，顾不上到地里刨食麦种。树上的沙枣可以让鸟一直吃到落雪前，那时麦苗已长到一拃高，根早扎深了。鸟想到吃麦粒时已经太晚。

我们在一棵沙枣树下生活多少年，一些花香永远闻不见。几乎所有的沙枣花向天开放，只有个别几朵，面向我们，哀哀怨怨的一息香环家绕院。

那些零碎星光，也一直在茫茫夜空找寻花香。找到了就领她回去。它们微弱的光芒，仅能接走一丝花香，再没力气照在地上。

更多的花香被鸟闻见。鸟被熏得头晕，满天空乱飞，鸣叫。

还有一些花香被那个五岁的孩子闻见。花落时，他的惊叫划破夜晚。梦中走远的人全回来，睁大双眼。其实什么都看不见，除了自己的梦。

我正一遍遍经历谁的童年

我看见他们朝那边走了，挽着筐，肩上搭着绳子。我穿过宽宽的沙枣林带。树全老了，歪斜着身子。树梢上有一些鸟巢和干枯叶子。我很少抬头往上看。我把那时的天空忘记了。林带尽头是沙漠。我爬上沙包后眼前是更多的沙包。我再看不见他们，也不敢喊，一个人呆呆地张望一阵，然后往回走。

沙包下面有一排小矮房子，沙子涌到窗根。每次我都绕过去，推开一扇一扇门。里面空空的。有时飞出几只鸟。地上堆着沙子。当我推开最后一扇门，总是看见那两个老人，一男一女，平躺在一方土炕上，棉被拥到脖根，睡得安安静静。我一动不动望着他们。过好一阵，好像一阵风吹进门，睡在里面的男人睁开眼，脸稍侧一下，望我一眼。我赶紧跑开。

每次都是那个男人醒来，女人安静地躺在旁边。我不知道他们是谁的爷爷奶奶。我跑着跑着就忘掉村子，转一圈回到那排小矮房子对面，远远盯着我推开的门。我想等那两个老人出来，送我回去。又怕他们出来追我。我靠着一棵枯树桩，睡着又醒来，那扇门还开着。

我想那两个老人已经死了。可能早就死了，再不会下炕来关门。可是，我第二天再来时那排小矮屋的门又统统关上。我轻脚走过去，一扇一扇地推开，直到推开最后那扇门，看见的依旧是那个情景：他们平躺着，大大的脸，睡得很熟。我觉得我认识那张男人的脸，他睁开眼侧脸望我的那一瞬，我的一切似乎都被他看见了。我不熟悉那个女人，她一直没对我睁开眼睛。每次，我都想看她睁开眼睛。我跑到那棵枯树桩下等。黄昏时他们从一座沙包后面出来，背着柴。我躲在树后，不让他们看见。他们走过后我跟在后面，穿过沙枣林带回到村里。

他们是比我大的孩子，不跟我玩。到哪都不带我。看见了就把我撵回村子。比我小的那群孩子我又不喜欢。突然地，我长到一个前不着村后不着店的年龄。他们一个个长大走了，我留在那里。跟我同龄的人就我一个。我都觉得童年早过去了。我早该和大人们一起下地干活了。可我仍旧小小的，仿佛我在那个年龄永远地停住。我正一遍遍经历谁的童年。我不认识自己，常常忘掉村子，不知道家在哪里。有时跟着那群大孩子中的一个回到一间低矮房子。他是我大哥。他从来不知道我跟在他后面回到家，吃他吃剩的饭，穿他穿旧的衣服。套上他嫌小扔掉的布鞋。逐渐地我能走到他到过的每一处，看见他留下的脚印，跟我一模一样。有时我尾随那群收工的大人中的一个回到屋子。那个我叫父亲的人，一样不知道我跟在他后面。我看见的全是他的背影。他们下地，让我待在家，别乱跑。我老实地答应着，等他出去，我便远远地尾随而去。

走着走着他们便消失。眼前一片哗哗响的荒草和麦田。我站着望一阵，什么都看不见，最矮的草都比我高过半个头顶。又一次，我被丢下。我站着等他们收工。等太阳一点点爬高又落下。等急了我便绕到沙包下那排小矮房子前，一扇一扇地推开门——那两个老人，他们过着谁的老年。好像不是自己的。他们整天整夜地睡。每次都这样，那个男人睁开眼，侧脸望望我。我跑开后他原样平躺在那里。那个女人从来不睁开眼看我。仿佛她早就看烦了我。多漫长的日子啊，我都觉得走不出去了。我在那里为谁过着他们不知道的童年。没有一个跟我一年出生的孩子。仿佛生我的那年在这个村子之外。我单独地长到一个跟许多人没有关系的年岁。

还有那两个老人，被谁安放在那里，过着他们不知道的寂寞晚年。村子里的生活朝另一条路走了。我们被撇下。仿佛谁的青年、壮年，全被偷偷过掉，剩下童年和老年。夜里我一躺下，就看见那两张沉睡的脸。看见自己瞪大眼睛茫然不知的脸。我的睡全在他们那里。我一夜一夜地挨近他们。我走出村子，穿过一片宽宽的沙枣林带，来到那排小矮房子前。门又被关上了。

我又一次忘掉回去的路。我在那里呆站着等他们收工。我看见的全是那些人的背影：后脑勺蓬乱的头发，皱巴巴的背上，沾着草叶和泥土。天色昏黄时我随那个叫父亲的人回到家。多陌生的一间房子，在一个坑里，半截矮墙露出土。房顶的天窗投下唯一的一柱光。我啥都不清楚。甚至不认识那个我叫父亲的人。我只看见他青年接近中年的样子。他的老年被谁过掉了。从那时候一直到将来，我没遇见他的老年。突然地，他在一天早晨出去，我没跟随上他。我在那里呆站着等他回来，一直到天黑，天再一次黑。我在那样的等待中依旧没有长大成人。

多少年后我寻找父亲，他既不在那些村头晒太阳的老人堆里，也不在路上奔波的年轻人中。他的岁月消失了。他独自走进一段我看不见的黑暗年月。在那里，没有一个与他同龄的人。没有一个人做他正做的事情。我的父亲在他那样的日子艰难得熬不到头。等他出来，我又陷入另一段他所不知的年月中，没头没尾。我看不见已经过去的青年，看不见我正经历的中年。我看见的全是我不知道在为谁度过的童年。我不记得家，常常忘掉村子，却每次都能走到那排住着一对老人的低矮房子前。

直到有一天，我认出那张男人的脸。我从他侧脸看我的眼睛里，看见我看他时的神情。那是多少年后的我。他被谁用老扔在那里。我还认出那个女人。她应该是我妻子。我和她没有一天半宿的青春。她直接就老掉了,躺在那里。剩下全是睡梦。我没有挨过她的身体,没跟她说半句情话。她跟谁过完所有的日子,说完所有的话,做完所有的事情,然后睡在我身边。

树上的孩子

我天天站在大榆树下,仰头看那个爬在树上的孩子。我不知道他的名字。也许没有名字。他的家人呔、呔地朝树上喊。那孩子听见喊声,就越往高爬,把树梢的鸟都吓飞了。

村里孩子都爱往高处爬。一群一群的孩子,好像突然出现在村子,都没顾上起名字。房顶、草垛、树梢,到处站着小孩子。大人们在下面喊:

"呔,下来。快下来。下来给你糖吃。"
"看,老鹰飞来了,把你叼走。"
"再不下来追上去打了。"

好多孩子下来了。那个年龄一过,村庄的高处空荡了,草垛房顶上除了鸟、风刮上去的树叶,和偶尔一个爬梯子上房掏烟囱的大人,再没什么了。许多人的头低垂下来。地上的事情多起来。那些早年看得清清楚楚的远山和地平线，都又变得模糊。

只有那个树上的孩子没下来，一直没下来。他的家人把所有办法用尽了。父亲上去追，他就往更高的树梢爬。父亲怕他摔下来，便不敢再追。他用枝叶在树上搭了窝，母亲把被褥递上去，每天的饭菜用一个小筐吊上去。筐是那孩子在树上编的。那棵榆树长得怪怪的，一根磨盘粗的独干，上去一房高，两个巨杈像一双手臂向东斜伸过去。那孩子爬在北边的树杈，南边的杈上落着一群黑鸟，啊、啊地叫，七八个鸟巢筑在树梢。

我不知道那孩子在树上看见了什么。他好像害怕下到地上。

村里突然出现许多孩子，有的比我大，有的比我小，不知道从哪来的。多少年后他们长成张三、韩四，或刘榆木，我仍然不能一一辨认出来。我相信那些孩子没有长大，他们留在童年了。长大的是大人们自己，跟那些孩子没有关系。不管过去多少年，只要有人回去，都会看见那些孩子还在那里，玩着多少年前的游戏，爬高上低，村庄的房顶、草垛、树梢，到处都是孩子。

"上来。快上来。"

只要你回去，就会有一个孩子在高处喊你。

只有那个树上的孩子被我记住了。有一天他上到一棵大榆树上,就再不下来。他的家人天天朝树上喊。我站在树下,看他看地上时惊恐的目光。地上究竟有什么,让他这样害怕。一定有什么东西被他看见了。

我记不清他在树上待了多久,有半个夏天吧。一个早晨,那个孩子不见了,搭在树梢的窝还在,每天吊饭的小筐还悬在半空,人却没有了。有人说那孩子飞走了,人一离开地就会像鸟一样长出翅膀。也有人说让老鹰叼走了。

多少年后我想那个孩子,觉得那就是我。我五岁时,看见他爬在树上,十一二岁的样子。他一脸惊恐地看着地上,看着时而空荡、时而人影纷乱的村庄。我站在树下盯着他看,他也盯着我,我觉得那个树上的目光是我的。我十一二岁时在干什么呢。我好像一直没走到那个年龄。我的生命在五岁时停住了。剩下的全是被别人过掉的生活。多少年后我回来过我的童年,那棵榆树还在,树上那孩子搭的窝还在。他一脸惊恐地目睹的村子还在。那时我仍不知道他惊恐地上的什么东西。我活在自己永远看不见的恐惧中。那恐惧是什么,他没告诉我。也许他一脸的恐惧已经把什么都告诉我了。

我五岁时看见自己,像一群惊散的鸟,一只只鸣叫着飞向远处。其中有一只落到树上。我的生命在那一刻,永远地散开了。像一朵花的惊恐开放。

终于轮到我说话了

又过了多少年，村子里安静下来，仿佛几代人的话都已经说完。人们回到各自的角落，悄无声息地过着日子。曾经聚集着许多人的场地上，如今游逛着几条瘦狗，每个下午都坐满了人的那根木头上，现在只拴着一头老牛。除了偶尔的一两声狗吠驴鸣，很难再听到谁的声音。

人们等待一个出来说话的人。好多人的话都说完了，王五、冯七、韩拐子，都没有话说了。尽管没话说的这些年，地里的庄稼依旧青了黄，黄了青，榆树依旧在春天长出叶子，牛羊依旧在发情季节怀上羔。但人的耳朵里空荡荡的。又发生了许多事，经历了许多东西，却没有人说出来。一件事若不被人说出来，就像没发生似的。粮仓满了，肚子吃饱喝胀了，人的耳朵饥饿地端参着，灌进去的只有一阵阵风声和一年中次数不多的几点雨声。人们渴望听到谁的声音。那些说完了话还想再说的人，尽管不时大张着嘴，出来的却只有废气，他们的嘴里空掉了。

终于轮到我说话了。我一直没听见我说话,好像我没有嘴,没有声音。我只张开耳朵,听见风声和随风飘来的各种声音,那些声音中有一两句可能是我的,我认不出来。我可能说过些什么,最后全变成了风声。

这个村庄,有什么可说的呢?我听多了那些男人女人的话,即使从一棵草一只鸡说起,也会没完没了讲下去。把一只鸡或一棵草的事讲完,村子的事也就讲完了。甚至从一粒土说起,也把一个村子的事说完。当然,要从一个人说起,也行,说到最后也还是到一粒土为止。

不过,不同的人会说出完全不一样的村子。过去多少年后,人们回忆起这个村子,其差别简直天上地下。因为每个人在心中独自经历的事情,比大家一块儿经历的要多得多。这个村庄的人根本没有共同记忆,过了一辈子的夫妻间没有相同记忆,兄弟姐妹间也没有。每个人记住的,全是不被别人看见的梦。

多少年后土地再盛不下人的梦,就像那时在老家,土地盛不下人的死亡,每挖一锨土都惊动亡人。现在,人们每干一件事情都要惊醒别人的梦。醒着的人,不得不移开睡着的人,土地狭小得不能让人安稳地躺下做梦。再没有地久天长的睡眠,让人把一个梦做好多年。

而那时候,到处是睡着的人,太阳和月亮底下,都有人的梦。路上、房顶、田埂、草叶下面,都是人做梦的地方。睡着的人,不知道醒着的人干了什么。醒着的人,一样不知道睡着的人梦见了什么。

童年过去了,我在自己的梦里。

青年过去了，我在自己的梦里。

老年过去了，我在自己的梦里。

我哪儿都没去，在自己的梦里转了些年月。我真实的生活在哪儿我不知道。

过掉我一生的人都不说话，我又做完了谁的梦。

我醒来，他们说该我说话了。

也该我说两句话了。

我当了多少年的旁观者。那时村子里一片喧哗，人们的争吵声夹杂着牲畜的鸣叫，终年不息。我有许多想说的话但插不上嘴，我个头不高，嗓门也不大，只有站在一边，一次次把涌到嘴边的话咽到心里。那时候我想，如果我能坐在那根木头上说几句话多好，我会把所有的东西说出来。我会先说出风，说出风中的尘土和树叶，说出经过我耳朵的所有声音，说出一个早晨的气味和响动，说出我在远处的生活。我可能一直没有走进村子，我在一个夜晚，听到自己的脚步声，听到一个小小的手指敲门，我不能肯定是我进村了。后来的一个早晨我醒来，我想说出，我看见自己走远的那个早晨，可能是另一个梦。我什么都说不出，我想了多少年的那些话，不知到哪儿去了，也许它找到了另一张嘴，在另一个村庄，被另一个人全部地说出来。多少年后，它们顺风传回村子，灌进我的耳朵。

在虚土庄的好多年里，有一个人始终没有说话。他们觉察到了，他们的话全说完，嘴都说得没牙了，这时他们突然发现我没有张口。

我背着手，在村里走了一圈，没遇见一个人。村子里的路都快荒掉了，不像那些年，村子里整日尘土翻天，到处是匆忙奔走的人，有的在村里村外转，有的往远处跑，村庄周围的荒野上踩出一条一条的路。在那些梦中飞到村庄上头的人眼里，虚土庄就像一只向四面八方伸出触角的黑蜘蛛。而在飞过村庄的一群鹞鹰的印象中，这个村庄被一条条长绳拴在荒野中。

它哪儿都去不了了，连动一下都不可能。

多少年来只有那群鹞鹰看清了虚土庄。无论是跑顺风买卖的冯七，还是守夜人，都没从天上到达过这个村子。也许早年爬到树梢上再没下来的那个孩子，真的看见了什么。现在，通向远处的路全荒掉了，在外奔波的人早已回来。可能还有没回来的，每天一早一晚，站在村头清点人数的张望，多少年前就已望瞎眼。他只有耳朵贴在地上，倾听远路上的动静。

又有一个人回来了，他自言自语。

他能听出村里每个人的脚步，每头牲口的脚步。

那些回到家里的人，再不愿迈出家门半步，有的在院子里低头干活，有的靠着土墙仰头望天。没人朝路上看，走在路上似乎是一件很丢人的事。

而那些年，待在家里的人被小看，有本事的人全在路上。

他们把一百年的路都跑完了，我什么事都没干，什么话都没说。一个村庄就这么多话，全被人说完了。他们以为我还有话，他们在等。

他们等了多少年，我仿佛长大了，坐在他们中间，和他们一样过着村里的日子，又好像一直没长大，长大的全是别人。他们把所有事做完，所有话说完，所有路走完，然后回来，看见我什么事都没做，个子都没长一点儿。

我坐在哪儿，他们围到哪儿，我咳嗽一声，马上引来好多人，以为我要说话了，我放个屁都有人注意。他们认为，虚土庄应该还有许多事没说出来，这些事肯定在没说话的人嘴里。

虚土庄又回到一个早晨，不向中午移动的早晨。所有曾说出的话，尘土一样落下，说狗的话原落到狗身上，说人的话落到人头上，说草木的话落到荒野草木上。那些言不及物的空话，没地方落，附在云朵上，孤独地睁开眼睛。村庄回到多年前的早晨，炊烟从潮湿的烟囱冒出来，怯生生地朝上飘。

一天黄昏，我正在房子里想事情，有人在外面喊我的名字，喊了三声，一声比一声大。全村人都听见了，可我没答应。我想他喊第四声我就出去。他再没喊，留下一串走远的脚步声。这个人是周天易。我知道他找我有啥事，我不想理他。

前天我在村子转的时候遇见过他。

我远远看见村子那头的路上蹲着一个人，我走近时他站起来。

"我等你很长时间了。"他说。

"我知道你会露面。该我们出来说话了。这个村庄的多少年里，有两个人始终没说话，一个是你，一个是我。我不知道你为啥没说话，看你整天恍恍惚惚的,好像心不在这个村子。现在,该我们出来说话了,我们得整些事情。"

从来没有人这样跟我说话,他把我当大人,他可能看到我身体中独自长大的那部分。这是个刚长大的人,他不知道村里已经没有可整的事,所有事已被那些先长大的人干完,他白长大了。

这个人最后赶一辆马车,跑顺风买卖去了。他赶车出村的时候,所有马车早已回到村子,早就没人干这件事情了,连风都不刮了,树叶和尘土都不往远处飘了,村里剩下我一个没说话的人。我好像趁机当了几年村长,依旧没说几句话。比我大的人全糊涂了,更年轻的还不懂事。我说的有数的一些话,都说给女人听了。虚土庄的男人没听见我说几句话,我也没听见我说过什么话。虚土庄的事情都是谁说出来的?也许谁都没有说出来,它只是一棵树一样长出来,每一年、每个枝叶、每块树皮、每条根须都被我们看见。我们看见它的时候,有一只眼睛,在云朵上,孤单地看着我们。

给太阳打个招呼

每个人都在找一件事,跟别人不一样的事,似乎没有两个人在干相同的事。土地肥沃雨水充足,人只剩下种和收两件事。随便撒些种子就够生活了,没人操心庄稼长不好,地里草长得旺还是苗长得旺,都不是事情。草和粮一同长到秋天,人吃粮,草喂牲口。一个月种,两个月收,九个月闲甩手。

但人不能闲住,除了种地,手头上还要有一两件事,这才像个人。要不吃了睡,睡了吃,就跟猪一样了。比如张望,每天一早一晚,站在村头的沙包上,清数上工收工的人。开始人们不知道他每天一早一晚,站在沙梁上在干什么。

"实在没事干,学张望,站在沙梁上,朝远处的路上望望,再朝村子望望,也是件事。"这句话是韩拐子说的。韩拐子自从断了腿,就像一个有功劳的人,啥都不干了。瘸着腿走路,成了他和别人不一样的一件事,就像王五爷靠撒尿在虚土梁留下痕迹。过多少年,韩拐子一个脚印一个拐棍窝的奇特足迹,也会留在虚土中。

人们知道张望每天一早一晚，站在沙梁上清点他们时，村里已经没几个人。好多人学冯七去跑顺风买卖，在一场风中离开村子。另一场风中，有人带着远处的尘土和落叶回来。更多的人永远在远处，穿过一座又一座别人的村子。跑顺风买卖成了虚土庄人人会干的一件事。谁在村里待得没意思了，都会赶一辆马车，顺风远去，丢在村里的话是跑买卖去了。跑赢跑亏，别人也不知道。在外面白住些日子回来，也没人说，反正这是一件事情。不过要做得像个样，出去时装几麻袋东西，回来时装几麻袋东西。不能空车去空车回，让人一看就知道是个闲锤子，跑空趟子呢。

肯定还有人，在村里干我们不知道的事。就像刘扁，挖一个洞钻到地下不出来了。我五岁的早晨，只看见两种东西在离去：一个朝天上，一个朝远处。朝下的路是后来才看见的，村里有人朝地下走了。一些东西也在往地下走，不光是树根，有时翻地，发现几年前扔掉的一截草绳，已经埋到两拃深。而挖菜窖时挖出的一个顶针，不知道谁丢失的，已经走到一丈深的土中。还有我们的说话和喊叫，日复一日的，早已穿过地下的高山和河流。在那些草根和石头下面，日夜响彻着我们无所顾忌的喊叫。

有几年，我认为村里最大的一件事情，就是没人给太阳打招呼。

太阳天天从我们头顶过，一寸一寸移过我们的土墙和树，移过我们的脸和晾晒的麦粒。它落下去的时候，我们应该给它打个招呼。至少村里有一个人在日落时，朝它挥挥手，挤挤眼睛，或者喊一声。就是一个熟人走了，也要打个招呼的，况且这么大的太阳，照了全村人，照了全村的庄稼牛羊，它走的时候，竟没人理识。

也许村里有一个人，天天在日落时，靠着墙根儿，或趴在自己家朝西的小窗口，向太阳告别，但我不知道。

我五岁时，太阳天天从我家柴垛后面升起。它落下时，落得要远一些，落到西边的苞谷地。我长高以后看见太阳落得更远，落到苞谷地那边的荒野。

我长大后那块地还长苞谷。好像也长过几年麦子，觉得不对劲儿。七月麦子割了，麦茬地空荡荡，太阳落得更远了，落到荒野尽头不知道什么地方。西风直接吹来，听不见苞谷叶子的响声，西风就进村了。刮东风时麦子和草一块儿在荒野上跑，越跑越远。有一年麦子就跟着风跑了，是六月的热风。人们追到七月，抓到手的只有麦秆和空空的麦壳。我当村长那几年，把村子四周种满苞谷，苞谷秆长到一房高，虚土庄藏在苞谷中间，村子的声音被层层叠叠的苞谷叶阻挡，传不到外面。

苞谷一直长到十一月，棒子掰了，苞谷秆不割，在大雪里站一个冬天。到了开春，叶子被牲畜吃光，秆光光的。

另外几年我主要朝天上望，已经不关心日出日落了。天上一阵一阵往过飘东西，头顶的天空好像是一条路。有一阵它往过飘树叶，整个天空被树叶贴住，有一百个秋天的树叶，层层叠叠，飘过村子，没有一片落下来。另一阵它往过飘灰，好像远处什么地方着火了。后来我从跑买卖的人嘴里，没有听到一点儿远处着火的事，仿佛那些灰来自天上。更多时候它往过飘土，尤其在漫长的西风里，满天空的土朝东飘移。那时我就说，我们不能朝西去了，西边的土肯定被风刮光，剩下无边无际的石头滩。

可是没人听我的话。

王五说，风刮走的全是虚土。风后面还有风，刮过我们头顶的只是一场风，更多的风在远处停住，更多的土在天边落下。

冯七说，西风刮完东风就来了，风是最大的倒客，满世界倒买卖，跟着西风东风各跑一趟，就什么都清楚了。

韩三说，西风和东风在打仗，你把白沙扔过去，它把黄土扬过来，谁也不服谁。不过，总的来说，西风在得势。

在我看来，西风东风是一场风，就像我们朝东走到奇台再返回来。风到了尽头也回头，回来的是反方向的一场风，它向后转了个身，风尾变风头，我们就不认识了。尤其刺骨的西风刮过去，回来的是温暖的东风，我们更认为是两场风了。其实还是同一场风，来回刮过我们头顶。走到最远的人，会看到一场风转身，风在天地间排开的大阵势。在村里我们看不见，一场一场的风，就在虚土庄转身，像人在夜里，翻个身，面朝西又做一场梦。风在夜里悄然转身，往东飘的尘土，被一个声音喊住，停下，就地翻个跟头，又脸朝西飘飞了。它回来时飞得更高，曾经过的虚土庄黑黑地躺在荒野。

我还是担心头顶的天空。虽然我知道，天地间来来回回是同一场风。但在风上面,尘土飘不到的地方,有一村庄人的梦。

我扬起脖子看了好几年,把飞过村子的鸟都认熟了。不知那些鸟会不会记住一个仰头望天的人。我一抬眼就能认出,那年飘过村子的一朵云又飘回来了。那些云,只是让天空好看,不会落一滴雨。我们叫"闲云"。有闲云的天空下面,必然有几个闲人。闲人让地上变得好看,他们慢悠悠走路的样子,坐在土块上想事情的姿势,背着手,眼睛空空地朝远望的样子,都让过往的鸟羡慕。

忙人让地上变得乱糟糟,他们安静不下来,忙乱的脚步把地上的尘土踩起来,满天飞扬。那些尘土落在另外的人身上,也落在闲人身上。好在闲人不忙着拍打身上的尘土,闲人若连身上的尘土都去拍打,那就闲不住了。

这片大地上从来只有两件事情:一些人忙着四处奔波,踩起的尘土落在另一些人身上;另些人忙着拍打,尘土又飞扬起来。一粒尘土就足够一村庄人忙活一百年。

那时村里人都喜欢围坐在一棵榆树下闲聊。我不一样,白天我坐在一朵云下胡思,晚上蹲在一颗星星下面乱想。

刘二爷说,我们一天的大部分时间,朝西看。因为我们是从东边来的,要去西边。我们晚上睡着时,脸朝东,屁股和后脑勺对着西边。

要是没有黑夜,人就一直朝前走了。黑夜让人停下,星星和月亮把人往回领,每天早晨人醒来,看见自己还在老地方。

真的还在老地方吗?我们的房子,一寸寸地迁向另一年。我们已经迁到哪一年了。从我记事起,到忘掉所有事,我不知道村里谁在记我们的年月。我把时间过乱了。肯定有人没乱,他们沿着日月年,有条不紊地生活,我一直没回到那样的年月。我只是在另一种时间里,看见他们。看见在他们中间,悄无声息的我自己。我不知道那是不是我。我在村庄里的生活,被别人过掉了。我在远处过着谁的生活?那些在尘土上面,更加安静,也更加喧嚣的一村庄人的梦里,我又在做着什么?

墙洞

我每天去那个洞口,我趴在地上,一边脸贴着地朝里面看,什么都看不见,有时洞里钻出一只猫,它像在那边吃饱了老鼠,嘴没舔干净,懒洋洋地出来。有时那只黑母鸡,在墙根儿走来走去,一眨眼钻进墙洞不见了,过一阵子,它又钻出来,跑到鸡窝旁咯咯地叫。我母亲说,黑母鸡又把蛋下哪儿去了。她说话时眼睛盯着我,好像心里清楚我知道鸡把蛋下哪儿了。我张着嘴,想说什么又没有声音。

整个白天院子里就我一个人。他们把院门从外面锁住,隔着木板门缝对我喊,好好待着,别乱跑。母亲快中午时回来一趟,那时我已在一根木头旁睡着了。母亲轻轻喊我的名字。我知道自己醒了,却紧闭双眼,一声不吭。也有时我听见她回来,趴在门框上,满眼泪花看着她开门。家里出了许多事。有一个人翻进院子,把柴垛上的一根木头扛走了。他把木头扛过去,搭在院墙上,抱着木头爬上去,把木头拿过墙,搭在另一边,又抱着溜下去。接着我看见那根木头的一端,在墙头晃一下,不见了。

突然有一天,他们没有回来。我待到中午,趴在木头上睡一觉醒来,又是下午,或另一个早晨,院子里依旧没有人,我扒着木板门缝朝外看,路上空空的。

不时有人拍打院门,喊父亲的名字。又喊母亲的名字。一声比一声高。我躲在木头后面,不敢出来。家里不断出一些事情。还有一个人,双手扒在墙头,像只黑黑的鸟,窥视我们家的院子。他的眼睛扫过家里每一样东西,从南边的羊圈、草垛,到门前的灶头、锅,立在墙根儿的铁锨,当他看见尘土中呆坐的我,突然张大嘴,瞪大眼睛,像喊叫什么,又茫然无声。

我在那时钻过墙洞,我跟在那只黑母鸡后面。它一低头,我也低着头,跟着钻进去。墙好像很厚。有一会儿,眼前黑黑的。突然又亮了。我看见一个荒废的大院子,芦苇艾蒿遍地。一堵土院墙歪扭地围拢过去。院子的最里边有一排低矮的破土房子,墙根儿芦苇丛生。一棵半枯的老柳树,斜遮住屋角。

从那时起前院的事仿佛跟我没关系了。我每天到后院里玩。我跟着那只黑母鸡走到它下蛋的草垛下,看见满满的一窝蛋。我没动它们。我早就知道它会有那么多蛋藏在这边。我还跟着那只猫走到它能到达的角角落落,父母从不知道,在我像一只猫、一只鸡那样大小的年纪,常常地钻过墙洞,在后面的院子里玩到很晚。直到有一天,我无法回来。

　　那一天我回来晚了，许多天我都回来晚了。太阳落到院墙后面，星星出来了，我钻过墙洞。院子里空空的，他们不在家。我扒在木板门框上，眼泪汪汪，听外面路上的脚步声，人说话的声音。它们全消失后我听见父亲的脚步声。他总是走在母亲前面，他们在路上从来不说一句话，黑黑地走路，常常是父亲在院门外停住了，才听见母亲的脚步声，一点点移过来。

　　那一天比所有时候都更晚。我穿过后院的每一间房子。走过一道又一道木框松动的门，在每一个角落翻找。全是破旧东西，落满了土，动一下就尘土飞扬。在一张歪斜木桌的抽屉里，我找到一张发黄的黑白照片。照片上是一个很像我父亲的清瘦老人，留着稀疏胡须，目光祥和地看着我。那时我还不知道他是我死去多年的爷爷。他就老死在后院这间房子里。在他老得不能动弹那几年，父母在前面盖起新房子，围起院墙，留一个小木门通到后院。他们给他送饭，生炉子，太阳天晾晒被褥。我不知道那时候的生活，可能就这样。爷爷死后这扇小木门再没有打开过。

　　后院永远有我不认识的一种昏黄阳光，暖暖的，却不明亮。墙和木头的影子静静躺在地上。我觉不出它的移动。我从一扇木门出来，又钻进一扇矮矮的几乎贴地的小窗户。那间房子堆满了旧衣服。发着霉味。我一一抱出来,摊在草地上晾晒。那些旧衣服从小到大,整整齐齐叠放着(我有过多么细心的一个奶奶啊)。我把它们铺开,从最小的一件棉夹袄,到最大的一条蓝布裤子,依次摆成一长溜。然后,我从最宽大的那条裤子钻进去,穿过中间的很多件衣服,到达那件小夹袄跟前,我的头再塞不进去。身子套不进去。然后再回过头,一件件钻过那些空洞的衣服。当我再一次从那件最大号的裤子探出头,我知道了从这些空裤腿、袖子、破旧领口脱身走掉的那个人可能是我父亲。

我是否在那一刻突然长大了。

在我还能回来的那些上午、下午,永远是夏天。我的母亲被一行行整齐的苞谷引向远处。地一下子没有尽头。她给一行苞谷间苗,或许锄草,当她间完前面的苗,起身返回时后面的苞谷已经长老了。她突然想起家里的儿子。那时我父亲正沿着一条横穿戈壁的长渠回来。他早晨引一渠水浇苞谷地。他扒开口子,跟着渠水走。有时水走得快,远远走在前头。有时水让一个坎挡住,像故意停下来等他。他赶过去,挖几锨。那渠水刚好淌到地头停住了。我的父亲不知道上游的水源已干涸。他以为谁把水截走了。他扛着锨,急急地往上游走,身后大片的苞谷向他干裂着叶子。他在那片戈壁上碰见往回赶的母亲。他们都快认不出来了。

怎么了。

怎么回事。

他们相互询问。

我认为是过了许多天的那段日子,也许仅仅是一个下午。我不会有那样漫长的童年。我突然在墙那边长大。我再钻不过那个墙洞。我把头伸过去,头被卡住。腿伸过去,腿被卡住。天渐渐黑了,好像黑过几次又亮了。我听见他们在墙那边找我,一遍遍喊我的名字。我大张着嘴,发不出一丝声音。

我试着找别的门。这样的破宅院,一般墙上都有豁口,我沿墙根儿转了一圈又一圈,以前发现的几个小豁口都被谁封住了,墙也变得又高又陡。我不敢乱跑,爬在那个洞口旁朝外望。有时院子里静静的,他们或许出去找我了。有时听见脚步声,看见他们忙乱的脚,移过来移过去。

他们几乎找遍所有的地方,却从没有打开后院的门,进来找我。我想他们把房后的这个院子忘了,或许把后院门上的钥匙丢了。我在深夜故意制造一些响动,想引起他们注意。我使劲敲一个破铁桶,用砖头击打一截朽空的木头。响声惊动附近的狗,全跑过来,围着院墙狂吠。有一条狗还跑进我们家前院,嘴对着这个墙洞咬。可是,没有一个人走过来。

许多天里我听见他们呼喊我的声音。我的母亲在每个路口喊我的乳名,她的嗓子喊哑了,拖着哭腔。我的父亲沿一条一条的路走向远处。我趴在墙洞那边,看见他的脚,一次次从这个院子起程。他有时赶车出去,我看见他去马棚下牵马,他的左脚鞋帮烂了,我看见那个破洞,朝外翻着毛,像一只眼睛。另一次,他骑马出去找我。马车的一个轮子在上一次外出时摔破了。我看见他给马备鞍,他躬身抱马鞍子时,我甚至看见他的半边脸。他左脚的鞋帮更加破烂了。我看不见他的上身,不知他的衣服和帽子,都旧成什么样子。我想喊一声,却说不出一点声音。

我从后院的破烂东西中,翻出一双旧布鞋,从墙洞塞出去。我先把鞋扔过墙洞,再用一根长木棍把它推到离洞口稍远一些。第二天,我看见父亲的脚上换了这双不算太破的旧鞋。我希望这双旧鞋能让他想起早先走过的路,记起早年后院里的生活,并因此打开那扇门,在他们荒弃多年的院子里找到我。可是没有。他又一次赶车出去时秋收已经结束。我听见母亲沙哑的声音对他说,就剩下北沙窝没找过了。你再走一趟吧,再找不见,怕就没有了。让狼吃了也会剩下骨头呀。

他们说话时,就站在离洞口一米远处,我在那边呆呆地看着他们的脚,一动不动。

这期间我的另一个弟弟来到家中。像我早已见过的一个人。我独自在家的那些日子,他从扣上的院门,从院墙的豁口,从房顶、草垛,无数次地走进院子。我跟他说话,带他追风中的树叶。突然地,看见他消失。

只是那时,他没有经过母亲那道门。他从不知道的门缝溜进来,早早地和我成了兄弟。多少年后,他正正经经来到家中,我已在墙的另一面,再无法回来。

我企望他有一天钻过墙洞,和我一起在后院玩。我用了好多办法引诱他。我拿一根木棍伸过墙洞,拨那边的草叶,还在木棍头上拴一片红布,使劲摇。可是,他永远看不见这个墙洞。有几次他从洞口边走过去。他只要蹲下身,拨开那丛贴墙生长的艾蒿草,就能看见我。母亲在屋里做饭时,他一个人在院子里玩。他很少被单独留在家里。母亲过一会儿出来喊一声。早些时候喊一个名字,后来喊两个名字。我的弟弟妹妹,跟我一样,从来不懂得答应。

我趴在洞口,看见我弟弟的脚步,移过墙根儿走到柴垛旁,一歪身钻进柴垛缝。母亲看不见他,在院子里大喊,像她早年喊我时一样。过一阵子,母亲到院门口喊叫时,我的弟弟从柴垛下钻出来。我从来没发现柴垛下面有一个洞。我的弟弟,有朝一日像我一样突然消失,他再钻不回来。我不知道柴垛下的洞通向哪里。有一天他像我一样回不来,在柴垛的另一面孤单地长大。他绕不进这个院子,绕不过一垛柴。直到我的母亲烧完这垛柴,发现已经长大成家的儿子,多少年,在一垛柴后面。

在这个院子,我的妹妹在一棵不开花的苹果树后面,孤单地长到出嫁。她在那儿用细软的树枝搭好家,用许多个秋天的叶子缝制嫁衣。我母亲有一年走向那棵树,它老不开花,不结果。母亲想砍了它,栽一棵桃树。她拨开密密的树枝发现自己的女儿时,她已到出嫁年龄。我在洞口看见她们,一前一后往屋子里走。我看不见她们的上半身,母亲一定紧拉着她的手。

你们咋不答应一声,咋不答应一声。我的嗓子都喊哑了。

母亲说这句话时,她们的脚步正移过墙洞。

我们就这样过着自己不知道的日子,我父亲只清楚他有一个妻子,两三个儿女。当他赶车外出,或扛农具下地,他的妻子儿女在另一种光阴里,过着没有他的生活。我母亲,一转眼就找不到自己的儿子。她只懂得哭、喊。到远处找。从来不知道低下头,看看一棵蒿草下面的小小墙洞。

我从后院出来时已是一个中年人。没有谁认识我。有一年最北边的一个墙角被风刮倒,我从那个豁口进进出出。我没绕到前院去看父亲母亲。在后院里我收拾出半间没全塌的矮土房子,娶妻生子。我的儿子两岁时,从那个墙洞爬到前院,我在洞口等他回来。他去了一天,又一天。或许只是一会儿工夫,我眼睛闭住又睁开。他一头灰土钻回来时,我向他打问那边的事。我的儿子跟我一样只会比画,什么都说不清。我让他拿几样东西回来。是我早年背着父母藏下的东西。我趴在洞口给他指:看,那截木头下面,土块缝里。

他什么都找不到,甚至没遇见一个人。在他印象里墙洞那边的院子永远空空的。我不敢让他时常过去,我想等他稍长大一些,就把这个墙洞堵住。我担心他在那边突然长大，再回不来。

就这样过了好些年。有一年父亲不在了，我听见院墙那边母亲和弟妹的哭喊声。有一年我的弟弟结婚，又一年妹妹出嫁，我依旧像那时一样，趴在这个小洞口，望着那些移来移去的脚。有时谁的东西掉到地上，他弯腰捡拾，我看见一只手，半个头。

仍不断有鸡钻过来，在麦草堆上下一个蛋，然后出去，在那边咯咯地叫。有猫跑到这边捉老鼠。我越来越看不清前院的事。我的腰已经躬不下去，脸也无法贴在地上。耳朵也有点背。一次我隐约听母亲说，后院那个烟囱经常冒烟。

母亲就站在洞口一米处，我看见她的脚尖，我手中有根木棍就能触到她的脚。

"是一户新来的，好像是谁家的亲戚。"父亲说。

父亲的脚离得稍远一些，我看见他的腿朝两边撇开。

"他住我们家的房子也不说一声。"

"他可能住了很多年了。多少年前，我就听见后院经常有动静。我以为是鬼，没敢告诉你。我父母全在那间房子老死的。死过人的房子常有响动。"

我隐隐听见母亲说，要打开后院的门进去看看。又说找不见钥匙了。或许有钥匙但锁孔早已锈死。

他们说话时，我多想从墙洞钻过去，站在他们面前，说出所有的事。

可是，当我走出后院的豁口，绕过院墙走到前院门口时，又径直地朝前走去。我不是从这个门出去的，对那扇半掩的木板门异常陌生。我似乎从未从外面进入过。就像我在路上遇见牵牛走来的父亲。这个一次次在远路上找过我的父亲。我向他一步步地走近，我的心快跳出来。我想碰面的一瞬他会叫出我的名字。我会喊一声父亲。尽管我压根发不出一丝声音。可是，什么都不会发生。我们只是互望一眼，便擦肩而去。我们早已无法相识。我长得越来越不像他。

我只有从那个再不能钻过的墙洞回来，我才是他的儿子。我才能找到家，找到锅头，扣在案板上的碗和饭。找到每个中午抱着睡着的那根木头，找到我母亲少有的一丝微笑，和父亲的沉默寡言。

在另外的地方我没办法认识他们。即使我从院门进来，我的父母一样不会接受，一个推开院门回来的儿子。我不是从院门走失的。他们回来的那个傍晚院门紧锁，而我不见了。

有一天我硬要从这个墙洞钻过去，我先塞进头，接着使劲往里塞肩膀和身子。我的头都快出去了，身子却卡在墙中，进退不能。

我的妻子回来，见我不在家，就出去找。找一趟回来我还不在，她又出去，在村里每户人家问。在每个路口喊我的名字。像早年我母亲喊我一样。

一个下午，她找到前面的院子，问我母亲有没有看见她丈夫。我听她哭哑着嗓子说话,听见我母亲低声的回答。她一定从我妻子身上看见多年前的自己。那时她就这副失魂落魄的样子找我。

我妻子出去时,我的儿子一人留在院子。他哭喊一阵,趴在木头上睡着,醒来又接着哭喊。多少年前,我跟他一样在前院度过这样的日子。只是我不会喊。

天黑以后,我听见妻子回来的脚步声。那时,我的儿子已趴在地上睡着。她抱起他哭。她的哭腔在夜里拖得很长很长。我动不了头,也动不了身子。这期间一只黑母鸡每天走到洞口。第一次它的头都伸进来了,眼看碰到我的脸,赶紧缩回去,跑开几步。以后它每天来到洞口,偏着头看里面,看见我一样望着它的眼睛,它叫几声。有时它转过身,用爪子向洞口刨土。我不知道它的意图。我的头和脸都被土蒙住,眼睛也快睁不开。

一个早晨,我母亲起来收拾院子,她拿着一把芨芨扫帚,刷刷地扫地上的树叶和土,有一扫帚,就从墙洞口的草根下刷过去。我一惊,睁开眼睛,看见我们家的一个早晨。晨光将院子染得鲜红。我的母亲开始生炉做饭。我听见她折柴火的声音,听见炉中火焰的声音,听见铁勺和锅碗的轻碰擦摩。过了会儿,母亲端碗过来,坐在那根木头上,家里只剩下她一个人。父亲不在了。妹妹出嫁。弟弟也不知到哪儿去了。我看不见她手中的碗,看不见她拿筷子的手和一双不知在看着什么的眼睛。我只闻见饭的味道,像在很多年前的中午,我在那时候,永远地闭住眼睛。

墙洞

我的儿子有一天来到墙根,他转了好几圈,没找到那个墙洞。一层一层的尘土和落叶,埋住我露在洞外的腿和脚。我的儿子站在又一个秋天的落叶上面,踮起脚尖,想看见前院的东西,看不见。他使劲跳蹦子。他的头一下一下地蹿过墙头又落下。他看见墙那边的果树,看见一个秋天的菜园子,旁边塌了一半的马圈棚。他没有看见我母亲。那时她已直不起腰,整日佝偻着身子,在院子里走动。有一天,她会走到那棵靠墙生长的艾蒿草跟前,拨开枝叶,看见那个小墙洞,她会好奇地把一边脸贴在地上,往里面望,或许什么都看不见。或许,她会看见我差一点就要伸出洞口的头顶。

月光里的贼

那时的夜晚多长啊，眼睁睁躺在床上，上半身睡着了下半身醒来了。好不容易把下半身哄睡着，眼睛又没瞌睡了。穿衣服出去，星星和月亮，把村子照得跟白天一样。全村人都睡着了，狗也睡着了，毛驴在草棚下眯着眼睛。驴这个鬼东西，耳朵灵醒地动，听人脚步呢，眼睛却装睡眯着。半夜出来的多是干坏事的人，驴不想让人以为它看见了。它什么都没看见，睡着呢。即使有贼娃子把驴身边的羊牵走、牛牵走，驴还是眼睛眯着，只竖耳朵听。

贼不偷驴，这一点驴都知道。偷驴是这一带贼娃子的禁忌。养驴的人不一定知道，他们把毛驴子看管得比牛羊小心，喂养得比牛羊仔细，当一家人一样。其他牲口都嫉妒呢。驴也知道其他牲口嫉妒，眯着眼，装不知道。

丢驴的事偶尔发生一次。都是生手干的，不懂规矩，顺手牵驴。这样的案子很难破掉。最难抓的贼是偷一次不偷了。俗话说，贼心人人有，贼胆个别人有。有贼胆的人才能成为贼娃子。好多人只是在人生的某个阶段或瞬间，有过贼念头，但手没伸，成了一个好人。还有的人是遇到好机会了，顺手偷一把。因为以后再没这样的好机会，或者东西偷回去后悔了，心不安。从此再不干这样的事，变成一个好人。

艾布也只当了几年小偷，后来结婚有了一对儿女，就住手不偷了。但喜欢在夜里游走的毛病却一直改不掉，只要窗口有月光照进来，他的眼睛就闭不住，清醒地躺着，等身旁的妻子睡熟，隔壁房间的孩子睡熟，然后穿衣出门。他轻脚走出自己家院子时，狗都懒得理识，只有驴眼睛幽幽地看着他。驴知道他干啥去。

为啥贼不偷驴呢。一说驴和贼娃子是一伙的，驴比贼还贼。二说贼偷不动驴，人夜里偷驴时，驴知道人在偷他，眼睛看着人，拉着不走，屁股坐住朝后退。驴和人在黑暗中默默叫劲。懂行的贼遇到这种情况，就不偷了，顺手牵一只羊走了事。要是再强拉，驴就不给贼面子了，踢、尥蹶子、大声叫。贼自然被吓跑。

艾布也没偷过驴。羊偷回去连夜宰了，皮子杂碎埋掉，肉藏着慢慢吃。驴偷来没法处理。它不是可以吃肉的牲口，只有卖给人家使唤。买驴的人，也不买生人手里的驴。因为驴会跑回原来的主人家。卖多远驴也能跑回来。其实也卖不了多远，人不会把一头龟兹驴，骑到喀什卖掉。只要不出县，卖掉的驴迟早会找到。羊就不一样，几天找不到，就被人消化了，啥都没有了。

整个村子睡着了，总要有人醒来做些事情。月亮在喊人呢。贼一般不选择月夜里行窃。但月亮让贼睡不着。贼睡觉时手都放在被窝外。贼的手一见月光就醒来，不由自主地动，整个身体跟着醒来。贼睡不着时，不会像其他人老老实实躺着，手不愿意，痒得很，身体被手牵着走进月光里。这样的月亮地，不太适合行窃，贼就在月亮下走，到一个门口，轻轻推一下，眼睛贴门缝往里望，再趴院墙上，脚踮起来探头看，看见一个好东西，看到眼睛里拔不出来，翻墙进去。结果被发现。大月亮，贼躲藏不了，只有跑。

跑的方向有几种，一是向着月亮跑，影子拖在后面，抓贼的人踩着影子追，影子就像牲口拖在后面的缰绳，贼很难跑掉，但还是要跑，跑到月上中天，影子越来越短，最后回缩到自己脚下，抓贼的人抓不到影子，就有逃脱的机会。

二是背着月亮跑，月亮在东边时人往西跑，影子在前面。捉贼的人看见自己影子已经追到贼跟前，一个月光照亮的脊背。贼低头飞跑，后面的喊声直追上来。"贼，站住。站住。"贼最基本的素质是不回头，追到跟前也不回头，左手被逮住脸朝右扭，右手被逮住脸往左转，被按倒在地脸埋土里，绝不让人看见脸，识了相。贼背着月亮跑时，自己的影子远远跑在前面，影子先跑掉了。贼觉得影子才是贼，自己是捉贼人。后面捉贼人的影子追上来了。贼根据前面自己影子的长度，判断后面捉贼人的远近。随着月亮升高，影子越跑越慢，渐渐地缩回来。贼跑得没劲了。捉贼人的影子也一点点缩回去，看不见。这时候就不是影子在跑，是贼和捉贼人前后跑，能不能跑掉就看腿的本事了。

三是朝南或朝北跑，往这两个方向跑影子都在人侧面，捉贼的人分成两队，一队跟着贼后面追，一队盯着贼的影子追，两队人平行追赶，追贼的一队边追边喊："贼，站住。"追影子的一队不喊，只是追。也是追到月上中天，影子越缩越短，捉贼的两队人渐渐聚拢在一起，变成一队。贼不害怕人多，人多也是每人两条腿在跑，贼害怕人群中有长腿人，跑到最后，长腿人跑到前面，把贼逮住。

如果没有月亮，或者月亮在远处，星星也高，追贼的人和贼都在黑暗里。贼被追累了，就地一站，站成一个木桩，有兴致再斜伸出一只胳膊，当树杈；或倒地一爬，和地融为一体；或者抱着树杆，树皮一样贴在树上。没树就装牲口，跑到一头吃草的驴身边，手臂着地，装成小驴娃子，头藏在大驴肚子下；或躬腰爬在羊群中，头伸到羊肚子下。装牲口要有一两头牲口做掩护，伪装成它们中间的一头。夜晚村里到处是牲口，有的一头独站着，有的三五成群。如果没有牲口，自己伪装成一头羊，就要会学羊叫，学羊跑，学羊放屁。装成一条狗的难度大一些，人要瘦，趴在地上像狗，跑的样子也像狗。以前村里有两个贼，合伙出去偷东西，一高一低，高的在前，低的在后，肩上扛一个抬耙子把两人连在一起，不管偷了啥，都往抬耙子上一扔，两个人抬着回来，从没被捉住过。连在一起的这两个贼，能在黑夜里跑出四条腿的驴脚步，人经常把他们当成驴，眼皮底下过去都认不出。

夜里发现一个贼，半村庄人都会醒来。捉贼的人一多，贼就高兴了。贼被追急了，一转身，混在捉贼的人里，跟着捉贼。有时候，贼跑在前面，大喊捉贼，半村庄人跟着贼跑。贼说，贼往东跑了。捉贼人呼啦啦朝东跑。贼喊，贼往北跑了。人们又呼啦啦朝北跑。贼比一般人跑得快，跑到后半夜，后面跟随的人越来越少，最后剩下贼，孤独地站在月亮下。

贼脱身的另一个办法是上房。房顶上过去一只猫，屋里的人都能听见。贼的脚不踩房顶，顺着墙头走，就势一蹲，蹲成一截黑烟囱，看着捉贼的人在眼皮底下瞎转。

捉贼人也有一计。喊着"不找了，贼跑了，回家睡觉了"，大家都回去了。窗户的灯灭了。村里鼾声四起。贼以为安全了，刚一露头，被一把逮住。原来有几个人没回去，像贼一样抱着树，趴在地上；在另一个墙头蹲成半截黑烟囱，从空中到地下，都被控制住。

贼也知道捉贼人有埋伏，出来前扔一个土块探虚实。捉贼人听出一个土块落地，不上当。贼再施一计，同时扔出两个土块，这一招厉害，两个土地落地的声音就像一个人从墙头跳下来，捉贼人以为贼跳墙跑，大喊着从四面猛扑过去，贼借机逃脱。

一种计谋用一次，很快被人知道。下次用就不灵。贼在夜里想象会发生的各种危机和应对办法，偷盗时某一种情景发生了，就按事先想好的办法应对。当然，老办法也可以反复用，变着花样用。就像扔土块。贼用两个土块扔出人跳墙的声音，两个土块要同时落地，不能分开，把人跳墙的声音仿得真切，人没法不上当。除此，贼还可以用扔土块模仿人跑步的声音。扔的方法是这样，贼左右手各握几个大小不一的土块，先扔出左手的土块，紧接着扔出右手土块，左手土块落得近，右手土块落得远，大小土块落地又有时差，听着就像一个人往远处跑。捉贼人听见有人跑，就跟着追，追几步前面没声音了，黑黑的什么都没有，捉贼人突然害怕了，以为遇见鬼，转头往家里跑。

贼最怕倔犟的人，看见贼藏在一个地方，找不见，不找了，喊亲戚邻居都起来，把这个地方围住，等天亮。贼哪敢熬到天亮，只有想办法逃出包围。硬冲肯定不行。一个办法是挖洞跑掉，但动静太大。另一个办法是点火，贼把旁边的草垛羊圈点着，围的人都过来救火，火很快扑灭了，但人的眼睛被火光一照，不适应黑夜，啥都看不见。等人的眼睛适应过来，贼早从身边溜走了。

贼还有最后一个办法，就是睡着。实在逃不脱，就在藏身的地方睡着。人一睡着，就没事了，梦里是另一个世界。清醒的捉贼人和昏睡的贼被一种东西隔开。有人说，梦和醒之间蒙着一层黑毡。还有人说睡是一辆车，梦是它到达的远方。总之，藏在梦里是安全的。有夜里偷东西的贼，进到人家里，趴在床下等主人睡着，等着等着自己睡着了，一觉睡到大天亮，主人醒来见地上躺着一个人，打着呼噜，也只把他当作半夜走错了家门的人。

贼藏身的地方无非草垛、驴圈、房顶、渠沟。这里的人有一个习惯，不把晚上睡在自己家草垛驴圈的人当贼，不把睡着的人当贼。即使一个贼，找着找着，发现他睡着了，也就算了，不追究了。

贼最喜欢刮风的夜晚，月亮星星藏在云里。贼大模大样行窃，不用踮脚尖走路，不用小心翼翼撬门，所有声音都是风声，风把门刮得哐哐响，把树摇得哗哗响，把路吹得呜呜响，天上的云也撞得轰隆响，天也像房塌了一样嘎巴巴响。

可是，好多夜晚没风，家家的门窗静悄悄，只有贼撬的那个门有响动，贼没办法不让门响，他只有想办法把响动藏在另外的响动里。比如，把撬门声藏在风声里。却没风。贼把撬棍别在门上等。等一个声音。贼会很巧妙地把撬门声隐藏在狗吠驴鸣中。可是狗不吠驴不鸣。夜清静得像孩子的眼睛，一眨不眨。月亮移过树梢的声音都能听见。星星眨眼的声音都能听见。驴嚼草的声音，牛倒磨（反刍）的声音都大得惊人。偶尔窗户里飘出半句梦话，鸟一样飞到空中。这样的宁静，谁都不想打破。

贼耐不住，拾一个土块朝后边人家的院子扔去。这时候若有一个醒着的人，一定能听见土块飞过空中的声音。

"腾"，土块落地声像一个人单腿跳进院子。狗猛地咬起来。后面院子狗一咬，前面院子的狗也咬起来。

狗叫声是块状的，土块一样一声一声扔出来。贼在狗叫声里隐藏脚步，狗出声时人落脚，叫下一声时落下一脚，脚步声踩着狗叫跑远。这是针对拴着的狗。要是狗追着贼的脚步咬，贼是藏不住的。贼最喜欢全村的狗都叫起来，那时候狗耳朵里只有嘈杂的狗叫，贼放心大胆偷窃。贼惹狗的另一个目的是让狗叫惹驴叫。狗一叫，驴嗓子也痒。在夜晚，一声驴叫里贼把啥事都干成了。

驴叫就像一架声音的大破车，轰轰呜呜响过来。又像一棵嘈杂的茂密大树，什么声音都能藏在里面。贼在驴叫声里嘎巴巴撬门，当当地砸锁，屋里人都听不见。

驴叫是红色的

驴叫

驴叫是红色的。全村的驴齐鸣时,村子覆盖在声音的红色拱顶里。驴叫把鸡鸣压在草垛下,把狗吠压在树荫下,把人声和牛哞压在屋檐下。狗吠是黑色的,狗在夜里对着月亮长吠,声音悠远飘忽,仿佛月亮在叫。羊咩是绿色,在羊绵长的叫声里,草木忍不住生发出翠绿嫩芽。鸡鸣是白色。鸡把天叫亮以后,就静悄悄了,除非母鸡下蛋叫一阵,公鸡踩蛋时叫一阵。人的声音不黑不白。人有时候说黑话,有时候说白话。

也有人说驴叫是紫黑色的。还有人说黑驴的叫声是黑色的,灰驴的叫声是灰色的。都是胡说。驴叫刚出口时,是紫红色,白杨树干一样直戳天空,到空中爆炸变成红色蘑菇云,然后向四面八方覆盖下来。那是最有血色的一种声音。驴叫时人的耳朵和心里都充满血,仿佛自己的另一个喉咙在叫。人没有另一个喉咙,叫不出驴叫。村里的其他人也叫不出驴叫。人的音色像杂毛狗，太碎太杂。在狗和驴耳朵里，人发出的声音最难听，但又不得不听人的。这是没办法的事情。好在还有比人更难听的声音，就是拖拉机的突突声。

拖拉机的叫声没有颜色，它是铁东西，它的皮是红色，也有绿皮的，冒出的烟是黑色。它跑起来的时候好像有生命，停下来就变成一堆死铁。拖拉机到底有没有生命，狗一直没弄清楚，驴也一直没弄清楚。

驴顶风鸣叫。驴叫能把风顶回去五里。刮西风时阿布旦全村的驴顶风鸣叫，风就刮不过村子。

驴是阿布旦声音世界里的王。驴叫尽头是王国边界，从高天到深地。

不刮风时，驴鸣王国是拱圆的，像建筑的圆顶。驴鸣朝四面八方，拱圆地膨胀开它的声音世界。驴鸣之外一片寂静。寂静是黑色的声音，走到尽头才能听见它。

如果刮风，王国变成椭圆形，迎风的一面被吹扁，驴叫被刮回来一截子。驴脾气上来了，嘴对着风叫。风刮了千万里，高山旷野都过来了，突然在这个小村庄，碰到敢跟风对着干的家伙，风也发威了。驴叫和风声，像两头公牛在旷野上拉开架势，一个从遥远的荒野冲过来，一个从低矮的村子奔出去。两个声音对撞在一起，天地都嘎巴巴响，风声的尖角断了，驴鸣的头盖碎了，但仍顶住不放，谁也不肯后退。

但在顺风一面，驴叫声传得更高更远。驴叫骑在风声上，风声像被驴鸣驯服的马，驮着驴鸣翻山越岭，到达千里万里。王国的疆域在迎风一面收缩了，在顺风面却扩展到无限。

下雨时驴不叫。阿布旦村很少下雨。毛驴子多的地方都没有雨。驴不喜欢雨，雨直接下到竖起的耳朵里，驴耳朵进了水，倒不出来，驴甩头，打滚，都没用，只有等太阳慢慢烘干。这时候驴会很难受，耳朵里水在响，久了里面会发炎，流黄水。驴耳朵聋了，驴便活不成。驴听不到自己的叫声，拼命叫，直到嗓子叫烂，喉咙鸣断。

所以，天上云一聚堆，驴就仰头鸣叫。驴叫把云冲散，把云块顶翻。云一翻动，就悠悠晃晃地走散。民间谚语也这么说：若要天下雨，驴嘴早闭住。

聪明的狗会借驴劲。狗不想走路了就跳到驴车上，卧在主人身边。狗坐驴车驴没意见。狗若像人一样爬上驴背，驴会惊了。但狗有办法让自己的叫声爬在驴叫声上。驴叫时，狗站在驴后面，嘴朝着驴嘴的方向，驴先叫，声音起来后狗跟着叫，狗叫就爬在了驴叫上，借势蹿到半空。然后狗叫和驴叫在空中分开，狗叫落向远处，驴鸣继续往高处蹿，顶到云为止。驴跟云过不去。天上云越聚越多时，就像一群黑驴压过来。雷是天上的驴鸣。驴不敢顶雷声。打雷时驴都悄悄的。驴端拎耳朵，把雷鸣装进来，等云开天晴，驴朝天上打雷。那时从地到天，都是驴的声音，驴的世界。

驴叫就像一架声音的车，拉着村子的所有声音往天上跑，好多声音跑一截子跳下来，碎碎地散落了，只剩下驴叫孤独地往上跑，跑到驴耳朵听不到的地方。

人喊人时也借驴声。从村里往地里喊人，人喊一嗓子，声音传不到村外。人借着驴叫喊，人声就骑在驴鸣上，近处听驴叫把人声压住了，远处听驴叫是驴叫，人声是人声，一个驮着一个。

往远处走村庄的声音一声声丢失。鸡鸣五更天，狗吠十里地。二里外听不见羊叫，三里外听不见牛哞，人声在七里外消失，只剩下狗吠驴鸣。在远处听村庄是狗和驴的，没有人的一丝声息。更远处听狗吠也消失了，村庄是驴的。在村外河岸边听，村庄所有的声音都在。河岸离村子二里地，村里的鸡鸣狗吠驴叫和人声，还有开门关门的声音，都落在河水里哗啦啦冲走。到了夜里，河水的流淌声也全灌进人们的耳朵里。

狗吠

村子的声音像一棵模样古怪的老榆树，蹲下听到声音的主干，粗壮静默。站着听到声音的喧哗枝叶。上到房顶，听到声音的梢，飘飘忽忽，直上云中。

村庄的最外一层是声音，在几十里外，还看不见村子时，听到它的鸡叫、狗吠、驴鸣、人声，还有拖拉机的突突声，交织在一起，高远地包裹着村子。再走近些看见树，有白杨树、桑树、杏树、榆树、沙枣树。进村看见土墙，有泥皮的、裸着土块的，低矮地蹲在树下面。人在土墙里面，毛驴、鸡、狗和羊也在土墙里面。

趴到地上，耳朵贴地能听到声音的根。那些朝天上远处飘的声音，也向地下传，不容易传下去，地太厚，声音像地气一样弥散开来，往土里走，走进去的声音被土埋掉，越埋越深。

有些声音有根，像驴叫、鸡鸣、狗吠都有根。树叶在风中的哗哗声也有根。拖拉机的声音没有根，汽车、摩托车还有喇叭里的声音也没有根。这些声音也朝天上地下传，但是没根。人的话有些有根，有些没根。没根的话不能听。听没根的话，就像吃了没盐的饭。但没根的话有时候能传很远，传得有根有据。

传入地下的声音混合在地的声音里。很少有人听到地的声音。那是一种大到无边的声音。不像狗吠，土块一样砸来。也不像鸡叫，快刀子一样割破空气。不像牛哞，一张宽厚的地毯铺过来，声声牛哞里草木开花，人做梦。也不像驴鸣，朝天上扔炸弹。地的声音永不停息，铺天盖地，没有声音。

老鼠能听到地的声音，蛇和蚂蚁也能听到。钻进地洞的人不一定能听到。人在洞里耳朵朝上，主要操心地上面的动静。土里的声音也不一定是地的声音，人钻到土里，弄出些响动，还是人的声音。地的声音太大，听不见。

狗吠时村子好像在跑，狗把叫声扔到远处，回音反过来喊村子，村子就跟着狗吠跑，一声一声的狗吠让村子跑起来，眼看村庄要跑成一条狗。这时候，驴叫起来。驴不容许村庄跟着狗叫跑，跑成狗模样。驴叫是顶天立地的柱子，把村庄牢牢固定住。驴师傅阿赫姆说，每声驴叫都是一个直立的拴驴桩，桩子上拴着房子、庄稼、牛羊和人。

驴叫时的阿布旦村，高大、宏伟、顶天立地。驴叫时村庄在天地间呈现出一头看不见的驴样子。狗吠时村庄像狗跑一样扯展身子。鸡鸣中村庄到处是窟窿和口子，鸡的尖细鸣叫在穿针引线地缝补。而牛哞的温厚棉被里村庄像一个熟睡的孩子。

好多声音描述和塑造着村庄。一片鸡鸣里的黎明村庄，黄昏牛哞中尘土包裹的村庄，被母亲喊孩子的尖细叫声拎到半空的村庄，铁匠铺的大锤小锤叮叮当当敲打着村庄，满是驴蹄声的村庄，大卡车轰隆隆过去拖拉机车斗哗啦啦过来的村庄。人的声音低哑地穿插其中。人叫不过狗，叫不过鸡，叫不过拖拉机和汽车，更叫不过驴。

每个声音都有颜色和形状。狗叫声像土块扔过来，鸡鸣像缝补衣裳的细长针线，牛哞像宽厚被褥，男人的声音像夏天傍晚哗哗的白杨树叶声，女人的声音像春天渠边蟋蟀的柳叶声，恋人谈情的声音像两块橡皮糖粘贴在一起。

还有拖拉机的突突声，像一截木头硬硬地捣在空气里，摩托车声像放不完的一个长屁，自行车的铃铛声像一串白葡萄熟了，高音喇叭里的说话声，像没打好的雷声，又像一棵高高的白杨树往下倒，嘎嘎巴巴响，又在哪儿卡住了，倒不下来。

鸡叫天亮，驴鸣上午，羊咩黄昏，狗吠半夜。村子的声音排列有序，雄鸡唱罢驴登台，羊咩归圈狗吠来。

狗有三种声音，发情或被人打时能发出委婉的呻吟，咬人时发出强硬叫声，半夜对着月亮发出汪汪的长吠。

狗师傅艾布说，狗把月亮看成了挂在树梢的一个馕，狗以为它的叫声能使天上的馕掉下来。乌普阿訇不同意，阿訇说，狗是有信仰的动物，《古兰经》里记载了七人一狗的故事。乌普阿訇说得对。狗在夜里的长吠像在朗诵，声音一下变得跟平时不一样。仿佛它在诵写在月亮上的诗，它朗诵给人听，给白杨树和房子听，给村外田野的麦子棉花听，给驴和羊听，也给它们自己听。

那是夜晚的狗，蹲坐在高处，仔细舔干净自己的脸、爪子，理顺好自己的毛，然后，头朝上，脖子朝上，眼睛和腰骨朝上，嘴对着月亮，汪汪地叫，月光一样干净的长吠，直达月亮。

好多人只看见白天低着头在肮脏墙根找屎吃的狗，看见为一口狗食乞声摇尾的狗，看见相互撕咬的狗，被人追打着仓皇逃窜的狗，很少有人看见夜晚昂着头超凡脱俗对着月亮汪汪祷告的狗。这时候的狗突然不像狗了，它从卑贱的生活中昂起头，直起腰，挺起胸脯。它的叫声悠长干净，不再为一口食一个人而叫。它在叫什么呢？

那时候人和村庄都睡着了。

树倒了

砍树

"嚓、嚓"的砍树声劈进人的脑子里。斧头在砍村里的一棵树,砍树声在劈人脑子里的一棵树。被砍的杨树有一百多岁了。一百多岁就是活老三代人的年月。老额什丁当村长的时候,这棵树中间就死掉了,只有树皮在活,死掉的树心一点点变空,里面能钻进去孩子。过了好些年,亚生当村长那时,杨树的一半死了,一半还活着。再过了些年,石油卡车开进村子,村边荒野上打出石油,杨树的另一半也死了。死了的杨树还长在那里,冬天和别的树一样,秃秃的。春天就区别开来。

为啥死树一直没砍掉。因为这棵树和买买提的名字连在一起。阿不旦村五百三十一人,有七十三个买买提。怎么区别呢。只有给每个买买提起一个外号。大杨树底下的买买提就叫大杨树买买提。住在大渠边的买买提叫大渠买买提。家里有骡子的叫骡子买买提。没洋冈子的买买提叫光棍儿买买提,后来又娶了洋冈子就叫以前的光棍儿买买提。老早前有一个买买提去过一趟乌鲁木齐，回来老说乌鲁木齐的事，大家就把他叫乌鲁木齐买买提。

老杨树刚死时就有人要砍，村长亚生没同意。

"那不仅是一棵树，它和一个人的名字连在一起。只要杨树买买提活着，这棵树就不能动。"

前年杨树买买提死了，活了七十七岁。

杨树买买提的儿子艾肯找到亚生村长，要砍这棵树。

"你父亲才死，你就等不及，要把和他老人家名字连在一起的树砍掉。"

"我怕被别人砍了，树长在我们家门前，又和我爸爸名字连在一起，我们想要这棵树。"

"那你也要等两年，好让你父亲在那边住安稳了。砍树声会把他老人家吵醒的。"

今年杨树买买提的儿子又找村长。

村长说："树是公家的，要作个价。"

"那你作价吧。"

"树干空了，但做驴槽是最好的，上面两个支干可以当椽子，就定两根椽子的价，四十块钱吧。"

"有一个支干不直，一个长得不匀称，小头细细的，当不成椽子，顶多搭个驴圈棚。"

"这么大一棵树，砍倒三个驴车拉不走，卖柴火都卖八十块钱，我看在你是大杨树买买提的儿子，就算了半价，你赶快把钱交了去砍吧，别人知道了，一百块钱都有人要。"

杨树买买提的大儿子艾肯带着自己的儿子开始砍树。父子俩，一个五十岁，一个二十五岁。两个人年龄加起来，是大杨树年龄的一半。站在杨树下，像树不经意长出的两个小木疙瘩。

砍树的声音把半村庄人招来了。

这是村里长得最老的一棵杨树，年龄不算最大，村里好多桑树、杏树，都比它年龄大得多，都活得好好的，每年结桑子结杏子。杨树啥都不结，每年长叶子落叶子，它的命到了。一棵死树看上去比所有树都老。它活着的时候，年龄没有别的树大，它一死，就是最大最老的，它都老死了，谁能比过它。

三个厉害东西

砍树的斧头是借库半家的钢板斧，那是村里最厉害的一把斧头，用卡车防震钢板打的，一拃半宽的刃，两拃长的斧背。遇到砍大树的活，树太粗下不了锯，都得请出这把斧头来。村里好多大树都是这把斧头放倒的。不白用，还斧头时，顺便带一截木头梢，算是礼节，就像借用了人家的驴，还回去时驴背上搭一捆青草。

除了斧头，还借来老乌普家的绳子，砍之前，艾肯把绳子一头拴在腰上，儿子爬到树半腰，快到有鸟窝的地方，把绳子绑到树上。

阿不旦村有三件厉害东西，一下用了两件。三件厉害东西除了库半家的斧头、老乌普家的绳子，还有会计家的锅。

老乌普家的绳子有几十米长，胳膊粗。据乌普自己说，是从一辆卡车上掉下来的。怎么掉下来的呢？老乌普说，他们家房后的马路上有一块黑石头，一天卡车过去的时候颠了一下，一堆绳子掉下来。有人说公路上的黑石头是乌普自己放的，石头和路一个颜色，汽车不注意，乌普天天坐在后墙根，看路上过汽车。多少年来那块石头帮他从汽车上颠下好多好东西，绳子只是其中之一。老乌普把绳子割了一大半，拿到巴扎上卖了，剩下的三十米还是村里最长最结实的。驴车拉一般的东西时，根本用不上它，只有四轮拖拉机拉麦捆子，拉干草和包谷秆时，能用上。乌普家没有拖拉机，那些有拖拉机的人家都没有这么长的绳子，就借乌普家的。绳子还回来时，乌普把绳子重新盘一次，盘够三十圈，打个结，挂到里屋房梁上。

会计家的大锅是大集体时给全村人做饭用的，包产到户分集体财产，铁锅作了一只羊的价，会计少要了一只羊，把大铁锅搬回家。到现在，他的大铁锅不知把多少只羊挣了回来，村里谁家结婚、丧葬，都会用他的大铁锅做抓饭，用完还锅时，至少也会端一盘子抓饭，上面摆几块好肉。好几十公斤的铁锅，将来用坏了，卖废铁也是不少一笔钱。

大铁锅配有两个铁锨一样的大锅铲，是铁匠吐迪早年打制的，做抓饭时一边站一人，用大锅铲翻里面的米和肉。

杨树买买提不在时,家里人就用这口大铁锅做的抓饭,一只大肥羊,八十公斤大米,一百公斤胡萝卜,四十公斤皮牙子,十公斤清油,锅还没装满,已经让全村人吃饱了。

树爷爷

砍树的声音把艾肯的儿子吓住了,每砍一斧头,都像一个老人叫唤一声。儿子不敢砍了。他听到爷爷病死前的哎哟声,那个从爷爷苍老空洞的肺腔里发出的声音,跟斧头落下时杨树的叫声一模一样。爷爷就是这样哎哟吭哧地叫唤了五天五夜,死掉了。

"我们不砍了吧,砍倒也没啥用处。让它长着去吧。"儿子说。

"我们钱都交了。"父亲艾肯说。

半村人围到大杨树旁,帮忙砍的人也多,那些年轻人、中年人,都想挽了袖子露两下。尤其用的是库半家的大板斧,好多人没机会摸它呢。砍树变成抢斧头表演,等到人们都过完砍树的瘾,剩下的就是父子俩的活了。

几个老头坐在墙根远远看,看见自己的孩子围过去,喊过来骂一顿,撵回去。老人说,老树不能动,树过了一百年,死活都成精了。和爷爷一起长大的树,都是树爷爷。杨树六年成橼子,二十年当檩子,杨树就这两个用处。锯成板子做家具不行,不结实,会走形。过三十年四十年,杨树里面就空了。一棵爷爷栽的杨树,父亲没砍,孙子就不再动了。父亲在儿子出生后，给他栽一些树，长到二十几岁结婚时，刚好做檩子，盖新房，娶媳妇。父亲栽的树儿子不会全用完，留下一两棵，长到孙子长大。一棵树要长到足够大，就一直长下去，长到老死。死了也一样长着，给鸟落脚、筑窝。砍倒只能当烧柴。或者扔到墙根，没人管朽掉。还不如像树一样长着，长着也不占地方。

树耳

大杨树五十岁时，树心朽了，那时杨树就不想活了。一棵树心死了是什么滋味，人哪能知道，树从最里面的年轮一圈一圈往外朽、坏死。朽掉的木渣被蚂蚁搬出来，冬天风刮进树心里，透心寒。玩耍的孩子钻进树心，让空心越来越大。树一开始心疼自己朽掉的树心，后来朽得没心了，不知道心疼了。树也不想死和活的事。树活不好也没办法死，树不会走，不像人，不想活了走到河边跳进去，树在一百年里见过多少跳河的人，树也记不清。跳河的多半是男人，女人不想活了也不敢跳河，河里水急，人下去就找不见。女人寻短见的方式是跳井。大杨树旁边的院子就有一口井，树走不过去，走过去也跳不进去，跳进去也淹不死。树也不能走到公路上让车碰死。车疯跑过来碰过树，开车的人死了，树没死，碰掉一块皮。树也没法喝农药把自己药死。这些年跳河跳井的人少了，上吊的人也少了，喝农药死的人多起来。好多喝农药死的人最后都后悔了，因为农药的味道像饮料一样好喝，喝下去才知道有多难受。树上也打过农药，药死的全是虫子。多半虫子是树喜欢的，离不开的，都药死了。树闭住眼睛，半死不活地又过了几十年，有些年长没长叶子，树都忘了。

早年树上有鸟窝。住着两只黑鸟。叫声失惊倒怪的，"啊啊"地叫，像很夸张的诗人。树在鸟的啊啊声里长个子、生叶子，后来树停住生长了，只是活着，高处的树梢死了，有的树枝死了，没死的树枝勉强长些叶子，不到秋天早早落光。鸟看树不行了，也早早搬家。鸟知道树一死，人就会砍倒树。

树上蚂蚁比以前多了，蚂蚁排着队，爬到树梢，翻过去，又从另一边回来。蚂蚁在树干上练习队形。蚂蚁不需要找食吃，树就是蚂蚁的食物。蚂蚁把朽了的树心吃了，耐心等着树干朽掉。蚂蚁从朽死的树根钻到地下，又从朽空的树干钻到半空中。

鸟落在树上吃蚂蚁。蚂蚁不害怕，鸟站在蚂蚁的长队旁，捡肥大的蚂蚁吃，一口叼一个，有时一口两个三个。蚂蚁管都不管，队形不乱，一个被叼走，下一个马上补上。蚂蚁知道鸟吃不光自己，蚂蚁的队伍长着呢，从树根到树梢，又从树梢连到树根，川流不息。

大杨树有三条主根，朝南的一条先死了。朝北的一条跟着死了。剩下朝西的一条根。那时候树干的多一半已经枯死，剩余的勉强活了两年也死了。朝西的树根不知道外面的树干死了。树干也不知道自己死了，还像以前一样站着，它浑身都是开裂的耳朵，却没有一只眼睛。它看不见。

有几个夏天，它听到头顶周围的树叶声，以为是自己的叶子在响。它要有一只眼睛，朝上看一下，也知道自己死了。可是，它没有眼睛，所有开裂的口子都变成耳朵。它是一棵闭住眼睛倾听的树。一百年来村里的所有声音它都听见了，却没有听到自己的死亡。树的死亡没有声音。人死了有声音。亲人在哭，人死前自己也哭。树下的杨树买买提临死前就经常在夜里哭，哭声只有大白杨树听见。哭是这个人最后能做的一点事情，他放开在哭，眼泪敞开流，泪哭干，嗓子哭哑的时候，气断了，眼睛知道气断了，惊愕地瞪了一下，闭上了。树听到那个人闭眼睛的声音，房顶塌下来一样。

树的耳朵里村子的声音一点没少，它一直以为自己还活着。直到斧头砍在身上，它的根和枝干都发出空洞的回声，树才知道自己死了，啥时候死的它不知道。树埋怨自己浑身的耳朵，一棵树长这么多耳朵有啥用，连自己的死亡都听不见。

斧头

长到能当椽子时，树就感到命到头了。好多和自己一起长大的树，都被砍了，树天天等着挨斧头。树长到胳膊粗那年挨过一次斧头。那是一个刮风的夜晚，有人朝它的根上砍了一斧头，可能天黑，砍偏了，只有斧刃的斜尖砍进树干，树哎哟一声，砍树的人停住了，手在树干上下摸了摸，又在旁边的树上摸了一阵，几十斧头把旁边一棵树放倒，枝叶和树梢砍掉，扛着一截木头走了。

从那时起树就心惊胆战地活着。长到檩子粗那年，村里盖库房，要选三棵能当檩条的树，几个人扛着斧头在林带里转，这棵树瞅瞅，那棵树上摸摸。开始砍了，杨树听见不远处一棵树被砍倒，接着砍挨着自己的一棵，那棵树朝自己倒过来，杨树把它抱在怀里，没抱牢，树朝一边倒过去，杨树的几个枝被它拉断。接着一个人提着斧头上下端详自己，头仰得高高，就在这时，一只鸟落到树梢上，拉下一滴鸟屎，正好落在那人眼中。那人揉着眼睛转了几圈，觉得倒霉，提起斧头走向另一棵树。

躲过这一劫，树知道自己又能活些年月。树长过当椽子的程度，就只有往檩子奔了。不然二不跨五，当椽子粗当檩子细，啥材都不成。从椽子长到檩子，十几年。这期间村里好多树砍了，树天天等着人来砍它。它旁边的一棵砍倒了，就要轮到它了，不知怎么没人砍了。那一茬杨树里，它独独活下了。树记得它长到檩子粗时，树下人家的主人被人叫了大杨树买买提。自己有幸活下来，是否跟这个人有关系呢。

树不害怕死是在树长空心以后。树觉得死就在树的身体里，跟树在一起。树像抱一个孩子一样，把死亡的树心包裹着。

后来死亡越来越大，包不住了，死亡把树干撑开，蚂蚁进来了，虫子进来了，风刮进来雨淋进来。树中间变成一个空洞。死亡朝更高的树心走，走到一个断茬处，和天空走通了，那时树只剩一半活着。活着的一半，抱着死了的一半。活着的树皮每年都向死去的半个枯树干上包裹，就像母亲把衣服向怀里的孩子身上包裹。

这时树听到地下的凿空声。

大杨树朝东的主根先感到了地的震动，听到地下的挖掘声，接着朝北的主根也听到了，它们屏住气听着。下面的挖掘声让树害怕。根感到地下不稳了，东边的末梢根须感到震动就在不远处，好像几个很大的动物在打洞，听到一条凿空的洞，从树根斜下方穿过去。

树一直以为地下是安全的，树长多高，根伸多长。根是树投在地下的影子。树是根做在地上的一个梦。根能看见枝干的样子，根朝南伸展的时候，上面的一个枝也向南生长，树的样子是根设计出来的。风也改变树的样子。风把树刮歪时，根知不知道树歪了。也许不知道。人砍掉一个枝杈根肯定感到疼痛。根以为只要自己在地下扎稳了，树就没事。多少树根在地下扎稳时，树被人砍了，根留在土里。树听到根下的挖掘声时，树恐惧了。

树知道自己死去的时候，心里的所有东西，一下全放下了。

他们砍它时它数着砍伐的声音，数着数着睡着了，悠忽又醒来，未及睁眼，又滑入另一个梦里。这个更加漫长的梦里它的名字是木头，舒舒展展地躺在地上，像一个活干完的人。木头的耳朵比树多了好多倍，它依旧只会听，看不见。它听到的东西比以前更多更仔细。

树倒了

树在太阳偏西时被砍倒。整个白天像一棵树，缓缓朝西斜倒下去。

大杨树向东倒去。

砍到剩下树心，大杨树像醉汉一样摇晃了，人都闪开。十几个人拉起拴在树上的绳子。给树选择的倒地方向是东方，那是条路，压不到东西。拉绳子的人似乎没使出多少劲，树就朝东边倒过去。

树倒了。树倒地的声音像天塌了一样，先是"嘎巴巴"响，树在骨折筋断声中缓缓倾斜，天空随着树倾斜，西斜的太阳也被拉回来，树倒去的方向人纷纷跑开，狗跑开，鸡和牛跑开，蚂蚁不跑，大树压不死小蚂蚁。

树倒了。"腾"一声巨响。树从天空带下一场大风，地上的树叶尘土升腾起来，升到树梢高，惊愕地看着地上发生的事。孩子在树的倒地声里一阵惊呼。一群麻雀在旁边的树上尖叫。大人面无表情。树躺倒在地上，那么高的一棵树，倒在地上却不显得长。地上比它长的东西太多。路就比它长。孩子呼叫着围上去，抢折树梢上的枝条，那些他们经常仰天望见，从没有爬上去摸过的树梢，现在倒在尘土里。

树倒了。老额什丁仰头望着树刚才站立的地方，空荡荡的，大杨树把这片天空占了上百年，现在腾出来了。

树倒了。狗跑过来嗅嗅树枝上的大鸟巢，空空的，有鸟的味道。树没倒的时候，狗经常仰头看一对大鸟在树梢的巢里起落。有时夜晚的月亮停在树梢鸟巢边，像一张脸，静静望着巢里的鸟蛋，望着刚出壳的小鸟。狗对着月亮的吠叫突然停住。

树倒了。砍树时树上的鸟早就散了。鸟在天空听见树叫。树的叫声有一百棵树那么高，那是一棵声音的大树，刺破天空，穿透大地。

树倒下的地方几天后死了一只鸟,眼睛出血。一只比麻雀稍大的灰鸟。艾肯说,灰鸟经常晚上在大杨树上落脚,它借以前那两只大黑鸟的巢在树上落脚。可能灰鸟晚上过来,以为树梢还在那里,脚一伸,落空了,一头栽下来摔死了。也可能鸟也老了,想落到老杨树上,看见树没了,鸟不想再往别处飞,鸟闭住眼睛,伸直腿,翅膀收起,往下落,最后重重地落在大杨树的断根上。

树会记住许多事

　　如果我们忘了在这地方生活了多少年，只要锯开一棵树，院墙角上或房后面那几棵都行，数数上面的圈就大致清楚了。

　　树会记住许多事。

　　其他东西也记事，却不可靠。譬如路，会丢掉人的脚印，会分岔，把人引向歧途。人本身又会遗忘许多人和事。当人真的遗忘了那些人和事，人能去问谁呢。

　　问风。

　　风从不记得那年秋天顺风走远的那个人。也不会在意它刮到天上飘远的一块红头巾，最后落到哪里。风在哪停住哪就会落下一堆东西。我们丢掉找不见的东西，大都让风挪移了位置。有些多少年后被另一场相反的风刮回来，面目全非躺在墙根，像做了一场梦。有些在昏天暗地的大风中飘过村子，越走越远，再也回不到村里。

　　树从不胡乱走动。几十年、上百年前的那棵榆树，还在老地方站着。我们走了又回来。担心墙会倒塌、房顶被风掀翻卷走、人和牲畜四散迷失，我们把家安在大树底下，房前屋后栽许多树让它快快长大。

树是一场朝天刮的风。刮得慢极了。能看见那些枝叶挨挨挤挤向天上拥，都踏出了路，走出了各种声音。在人的一辈子里，能看见一场风刮到头，停住。像一辆奔跑的马车，甩掉轮子，车体散架，货物坠落一地，最后马扑倒在尘土里，伸脖子喘几口粗气，然后死去。谁也看不见马车夫在哪里。

风刮到头是一场风的空。

树在天地间丢了东西。

哥，你到地下去找，我向天上找。

树的根和干朝相反方向走了，它们分手的地方坐着我们一家人。父亲背靠树干，母亲坐在小板凳上，儿女们蹲在地上或木头上。刚吃过饭。还要喝一碗水。水喝完还要再坐一阵。院门半开着，看见路上过来过去几个人、几头牛。也不知树根在地下找到什么。我们天天往树上看，似乎看见那些忙碌的枝枝叶叶没找见什么。

找到了它就会喊，把走远的树根喊回来。

父亲，你到土里去找，我们在地上找。

我们家要是一棵树，先父下葬时我就可以说这句话了。我们也会像一棵树一样，伸出所有的枝枝叶叶去找，伸到空中一把一把抓那些多得没人要的阳光和雨，捉那些闲得打盹的云，还有鸟叫和虫鸣，抓回来再一把一把扔掉。不是我要找的，不是的。

我们找到天空就喊你，父亲。找到一滴水一束阳光就叫你，父亲。我们要找什么。

多少年之后我才知道，我们真正要找的，再也找不回来的，是此时此刻的全部生活。它消失了，又正在被遗忘。

那根躺在墙根的干木头是否已将它昔年的繁枝茂叶全部遗忘。我走了，我会记起一生中更加细微的生活情景，我会找到早年落到地上没看见的一根针，记起早年贪玩没留意的半句话、一个眼神。当我回过头去，我对生存便有了更加细微的热爱与耐心。

如果我忘了些什么，匆忙中疏忽了曾经落在头顶的一滴雨、掠过耳畔的一缕风，院子里那棵老榆树就会提醒我。有一棵大榆树靠在背上（就像父亲那时靠着它一样），天地间还有哪些事情想不清楚呢。

我八岁那年，母亲随手挂在树枝上的一个筐，已经随树长得够不着。我十一岁那年秋天，父亲从地里捡回一捆麦子，放在地上怕鸡叨吃，就顺手夹在树杈上，这个树杈也已将那捆麦子举过房顶，举到半空中。这期间我们似乎远离了生活，再没顾上拿下那个筐，取下那捆麦子。它一年一年缓缓升向天空的时候我们似乎从没看见。

现在那捆原本金黄的麦子已经发灰，麦穗早被鸟啄空。那个筐里或许盛着半筐干红辣皮、几个苞谷棒子，筐沿满是斑白鸟粪，估计里面早已空空的了。

我们竟然有过这样富裕漫长的年月，让一棵树举着沉甸甸的一捆麦子和半筐干红辣皮，一直举过房顶，举到半空喂鸟吃。

"我们早就富裕得把好东西往天上扔了。"

许多年后的一个早春。午后，树还没长出叶子。我们一家人坐在树下喝苞谷糊糊。白面在一个月前就吃完了。苞谷面也余下不多，下午饭只能喝点糊糊。喝完了碗还端着，要愣愣地坐好一会儿，似乎饭没吃完，还应该再吃点什么，却什么都没有了。一家人像在想着什么，又像啥都不想，脑子空空地呆坐着。

大哥仰着头，说了一句话。

我们全仰起头，这才看见夹在树杈上的一捆麦子和挂在树枝上的那个筐。

如果树也忘了那些事，它便早早地变成了一根干木头。

"回来吧，别找了，啥都没有。"

树根在地下喊那些枝和叶子。它们听见了，就往回走。先是叶子，一年一年地往回赶，叶子全走光了，枝杈便枯站在那里，像一截没人走的路。枝杈也站不了多久。人不会让一棵死树长时间站在那里。它早站累了，把它放倒，可它已经躺不平，身躯弯扭得只适合立在空气中。我们怕它滚动，一头垫半截土块，中间也用土块堰住。等过段时间，消闲了再把树根挖出来，和躯干放在一起，如果它们有话要说，日子长着呢。一根木头随便往哪一扔就是几十年光景。这期间我们会看见木头张开许多口子，离近了能听见木头开口的声音。木头开一次口，说一句话。等到全身开满口子，木头就没话可说了。我们过去踢一脚，敲两下，声音空空的。根也好，干也罢，里面都没啥东西了。即便无话可说，也得面对面待着。一个榆木疙瘩，一截歪扭树干，除非修整院子时会动一动。也许还会绕过去。谁会管它呢。在它身下是厚厚的这个秋天、很多个秋天的叶子。在它旁边是我们一家人、牲畜。或许已经是另一户人。

第二辑 在荒芜中游荡

走着走着只剩下我一个人

开始天不很黑。我们五个人,模模糊糊向村北边走。我们去找两个藏起来的人。

天上滚动着巨石般的厚重云块。云块向东飘移,一会儿堵死一颗星星,一会儿又堵死几颗。我们每走几步天就更黑一层。

"我到渠沿后边去找,你们往前走。"

"曹家牛圈里好像有动静,我去看一下。"

我走在最前边。他们让我在前面走,直直盯着正前方。他们跟在后面,看左边和右边。

天又黑了一些,什么都看不清了。有一块云从天上掉下来,堵住了前面的路。刚才,他们说话的时候,我还看见村北头的缺口处,路从两院房子间穿过去,然后像树一样分杈,消失在荒野里。那时我想,我最多找到那个缺口处,不管找到找不到,我都回家睡觉去。

走着走着突然剩下我一个人。后面没脚步声了。我回头看了一眼,刚才说话的两个人,连影子都不见了,另外两个不知什么时候溜掉的。

村子一下子没一丝动静和声音。我正犹豫着继续找呢，还是回去睡觉，也就一愣神的工夫，风突然从天上灌下来。轰的一声，整个地被风掀动，那些房子、圈棚、树和草垛在黑暗中被风刮着跑，一转眼，全不见了。沙土直迷眼睛，我感到我迷向了。风把东边刮到西边，把南边刮到北边，全刮乱了。

"方头。""韩四。"

我喊了几声。风把我的喊声刮回来，啪啪扇到嘴上。我不敢再喊。天黑得什么都看不见。我甚至不知道村子到哪去了，路到哪去了。想听见一声狗吠驴鸣，却没有。除了风声什么都没有。大概狗嘴全让风堵住了。驴叫声被刮回到驴嘴里。

我们从天刚黑开始玩捉迷藏游戏。那时有十几个孩子，乱嘈嘈的一群在地上跑。天上一块一块的云向东边跑。我们都知道天上在刮风。这种风一般落不到地上，那是天上的事情，跟我们村子没关系。头顶的天空像是一条高远的路，正忙着往更高远处运送云、空气和沙尘。有时一片云破了，漏下一阵雨。也下不了多大一阵，便收住。若在白天，地上出现狗一样跑动的云影，迅速地掠过田野和房顶。在晚上天会更黑一层。我们都不大在意这种天气，该玩的玩，该出门的出门，以为它永远跟我们没关系。

可是这次却不同，好像天上的一座桥塌了。风裹着沙尘一头栽下来。我一下就被刮蒙了。像被卷进一股大旋风的中心。以往也常在夜里走路，天再黑心里是亮堂的，知道家在哪、回家的路在哪。这次，仿佛风把心中那盏灯吹灭了，天一下子黑到了心里。

我双手摸索着走了一会儿，听见那边风声很硬，像碰见了大东西，便小心地挪过去，摸到一堵土墙上，不知是谁家的院墙，顺着墙根摸了大半圈，摸到一个小木门，被风刮得一开一合，我刚进去，听见门板在身后啪地合住。

在院子里走了几步，摸见一棵没皮的死树，碗口粗，前移两步，又摸到一棵，也光光的没皮。我停下来努力地回想着谁家院子里长着没皮的两棵树。我闭着眼想的时候，心里黑黑的，所有院子里的树都死了，没有皮。

再往前走了几步，摸见房子，接着摸见了门。我在门口蹲下身，听了好一阵，屋里啥声音都没有。直起身，拍了一下门，想叫醒这户人，说我迷路了，让他们送我回去。只轻轻拍了一下，门的响声把我吓坏了。过了很久，我才把手再慢慢伸过去，刚触到门上，咯吱一声，门开了，我以为房主人开的门，站在门口愣了半天，见没人出来，才小声地说了句："有人吗。"没人回答。

往外跑时，我又碰在那棵没皮的死树上。或许碰到另一棵没皮的死树。再没找到那个小院门。顺院墙摸了一圈，门像被人堵掉了。扶着墙跳了几下，也没够着墙头，倒扒下来半截土块，酥酥的，掉在地上便好像成了碎末子。再往前摸，摸见墙上一个头大的洞，伸手扒了几下，感觉一股风夹着沙土直灌进来。

后来——第二天和以后的那些年，我都再没找见这个长着两棵死树的院子。到现在我不知道它是谁家的，到底在哪。可能我在黑暗中摸到了村庄的另一些东西，走进我不认识的另一个院子。它让我多年来一直觉得，这个我万分熟悉的村庄里可能还有另一种生活隐暗地存在着。

走着走着剩下一个人。在这个村庄的夜里谁都会走到这一步。前后左右突然没有了人声。黑暗成了你一个人的。

这只是无数场游戏的结局之一。每一场捉迷藏游戏的最后，都以一个人找不到所有的人而告结束。有时七八个，找另外的七个。被找的人藏在村子的最隐密处，藏得严严实实。找的那伙人却悄悄地溜回家睡觉去了。被找的人屏声静气，从前半夜藏到后半夜。开始时怕被找见，藏得又深又静，后来故意露出些破绽和声音，想让人快快找见。再后来干脆跑到马路上，大喊一声"我在这里"。村子里空空的，连狗都不应一声。也有时藏的人商量好悄悄溜回家去了，让找的人满村子翻找。还有一种情形，藏的人和找的人都溜走了，村子里只剩下月光和风。

更多时候，一群人说好到村外的旧庄子或更远的河湾去玩。总有一个走在前头的。窄窄的路上人排成一长溜子。人在朝远处走的过程中逐渐地少了。一会儿一个人往路旁草丛里一蹲，不见了。一会儿另一个往旁边渠沟里一趴，没有了。等走在最前面的人觉察出身后没动静时，他已走得足够远，或已经走到了河湾深处。回过头身后没有一个人，天突然加倍地黑下来。

夜里说的话都可以不算数。

玩过多少年、多少代之后，捉迷藏成了一种无法失传的黑暗游戏，它把本该由许多人承受的一个瞬间的黑全部留在玩过它的每一个人心里。

从那个墙洞钻出来我再没摸见墙和房子。天好像又黑了一层。记得自己掉进一个坑（或渠）里，爬上来时地平坦了些，我以为走到路上了，朝地上摸，摸见一只脚印，两寸多深。顺脚尖方向摸去，又摸到一只。又一只。在白天我很少看见这样清晰的一行脚印，除非在冬天，雪刚停，先出门的人会踩出单独的一行脚印。平常人和牲畜的脚印混在一起，不是人的脚踩进牛蹄窝里，便是羊蹄子踏入人脚坑中。不知道留下这行脚印的人正走向哪里，我不敢跟着他走。他是一个人。走到剩下一行脚印时，肯定远离了很多事情。我站起身黑黑地瞎走了一阵，觉得腿被草绊住，俯身摸见一棵杂草，手被刺了一下，是一棵铃铛刺，这才清醒过来，我已经到村外了。

许多年后我回想这个迷路的夜晚时，想起黑暗中的那些杂草和铃铛刺，它们张开手臂留住了我。没有它们我便昏天黑地地走下去了，在荒野中叫狼吃掉，或者走进另一个村庄，再回不来。

早几年村里丢过两个孩子，都是夜里丢掉的。有人说叫狼吃了。

可是找遍村子周围都没找到一根骨头。肯定被别的村庄的人偷走了。荒野西边的沙漠里有一两个小村子，听说那里的水有毒，女人喝了生不出孩子，只有让男人上别处偷。背个麻袋，天黑时混进村子，盯住一个玩耍的孩子，趁别人不注意，一把抓住塞进麻袋里背走。他们早准备好了名字，一到家便让孩子叫娘认爹，哭喊也没用。那个村子比黄沙渠更荒远，再大的声音也传不出来，连炊烟都飘不出来。不管你八岁还是十岁。他们会让你娘从一岁开始，给你喂奶，抱在怀里亲。反复喊他们给你起的名字。重新让你学走路。你以前走路先出右脚，他们就让你先迈左脚。让你满口的牙换掉重长，头发剃光重长，指甲剪秃重长，直到你完完全全长成他们庄子里的人，把以前的生活遗忘干净。

不知又走了多久，我又摸到一户人家的房子。又不像是房子，一堵很长很长的墙，很久没走到头。这是什么地方。村里从来没有这么长的一堵墙。或许我绕着一院房子走了好多圈。我在黑暗中觉察不出墙的拐角处，那些墙角全是圆的，白天猪在墙角上蹭痒，羊在墙角上蹭痒，牛和马在墙角上蹭痒，几乎把村里所有的墙角都蹭圆了。

还摸到一个小窗户，关着的，手伸过去感到窗框木缝中丝丝缕缕的热气。这是谁家的小窗户呢。扒着窗台站了好一阵，想听见里面人说一句梦话。没有。

许久以后的一个夜晚，我睡不着，听见一条狗围着房子一圈一圈地转。我不知道它要干什么，仿佛我们丢失多年的一条狗在夜里回来了，它找不到门，找不到窗户，只有不停地转。我想起来去看看，却动不了身，胸脯被什么东西压住，也叫不出声。我想起那户无梦人家静悄悄的睡眠，那个夜晚，他们或许一样没有睡着，一家人眼睁睁地躺在炕上，听一个人围着他们的房子走了一圈又一圈。

约摸后半夜，我快要睡着了，被撞了一下，是一个粗木桩。之前我还摸到一条狗身上，狗竟没叫。天黑得连狗都没有了知觉。

木桩上绑一根麻绳，细细的，顺着绳摸去，是一颗牛头，牛一动不动，鼻孔里的气沉缓又均匀。顺着绳摸回来，摸到木桩上的树疙瘩，脚踩上去往上摸，有一个斜杈，滑溜溜的，杈的根部一道斜斧印，已经磨蹭得不刺手——这是韩三家的拴牛桩。一下我全清楚了，仿佛心中的灯哗地全亮了——我和韩三经常在拴牛桩上玩，我最喜欢吊在那个横杈上晃动着身子，有时攀着木桩爬上去，有时站在卧躺的牛背上，一纵身抱住木头。横杈直指的方向，过一条马路，就是我们家院子。

我走着走着突然啥也看不见，眼前一片黑暗。我努力地想着前面的路，突然消失的那些人和事物，着急地喊他们的名字，手胡乱摸索着。两手漆黑。

我知道迟早我会走进那片彻底的黑暗里。它是我一个人的漫漫长夜，说不定什么时候会突然降临。我不会在那样的黑暗中，再迎来光明。太阳永远地照耀到别处。

到那时我会再一次想起那个拴牛的榆木桩，想起它根部让人踩脚的木疙瘩、半腰处斜伸的那个横杈，我会沿着它的指向一直地走回家去。我会摸到院门、门上的木纹和板缝，手伸进去，移开顶门的木棍，我会摸到铁锨、挂在墙上的镰刀和绳子，摸到锅台、锅台上的碗、碗沿的豁口和饭迹，摸到掉在桌上的一粒米、一小片馍馍。

当我黑黑地回到家里，没人知道我已经回来，就像没人知道我曾经离开。门静静推开又关住。当我蹑足走过梦中的家人，在大土炕的一角悄悄躺下，这时我听见那场天上的大风，正呼啸着离开村子。那些疯狂摇动的树木就要停住，刮到天空的树叶就要落下来，从这个村庄，到整个大地，无边无际的尘埃，就要落下来了。

家园荒芜

一

我背着一捆柴火回到家里，院门敞开着，地上落满了好几个秋天的树叶。我放下柴，喊了声："妈，我回来了。"又喊了声，"大哥。"院子里静静的，没有一个人答应。我推开房门，里面空空的，像是多少年没人居住。我走到村中间的马路上，看见前后左右的邻居都盖了新房，红砖碧瓦。我们家的房子又矮又破旧地夹在中间……

这是我几年来经常重复做的一个梦，梦中的家就在我十七岁以前生活过的一个叫黄沙梁的村庄。

尽管我离开黄沙梁已有十多年，但在所有的梦中，我都回到这个偏远的小村庄里，不是背一捆柴回到家，便是扛一把铁锨站在地头，看着我们家那块地荒草凄凄，夹在其他人家郁郁葱葱的粮田中间。虽然我们家从黄沙梁搬走时，那块地已分给别人去种，但在我的梦中它一直荒弃着。年复一年，别人家的地里长着高高的玉米和金黄的麦子，我们家的地中一棵苗都没有。多少个梦中我就站在那块荒地中，茫然无措，仿佛来晚了，错过了季节，又仿佛没有。我的几个兄弟也都被类似的梦折磨着，似乎那片土地一直在招呼我们回去，我们成了它永远的劳力，即使走得再远，它也能唤回我们，一个夜晚又一个夜晚地去干那些没干完的活，收拾那个荒芜已久的院子。

二

我常想，是我一手造成了这个家园的荒芜。我若不把全家从偏远贫穷的黄沙梁村搬到离县城较近的元兴宫村，又进一步地搬进县城，我的父母和兄弟们就会留在村里，安安心心种好那块地，收拾好那院房子，至少不会让它荒芜。

假如我没考学出来，家里又会多一个帮手，一个不算强壮但绝对勤快务实的好劳力。若真那样，我们家的地里每年都会有一个好收成，麦子会比哪一家的都长得饱满整齐。那一地玉米会像一群壮实的大个子，每个秋天都高高壮壮地站在浩荡的田野中。房子有可能翻新，瓦盖顶，砖铺地。宅院有可能扩大。

我们家东边很早时有一块十几亩的空地，虽没有打围墙圈住，但父亲一直认为那块空地是我们家的。他一直占着那块地等着他的儿女们长大后去盖房筑院。

后来，经村长再三劝说，父亲才勉强同意给一户新来的人在那块空地上划了一角房基地。

在我的印象中父亲和我们一家始终不是那户人的对手。自从盖好房子后,那户人便得寸进尺,一点一点地占地,今年盖一个猪圈,明年围一个羊圈,后年又开一块菜园。两三年工夫,那块地差不多让他们占完了。为此,我们全家出动与那户人吵过几架,也打过几架,终未收回失地。那户人有两个壮实儿子,我父亲虽有五个儿子却都没成人。父亲只好咬牙切齿、忍辱负重地等待我们长大。

父亲认为我们长大后的第一件事,应该是把原属于我们家的那块地抢回来。

我们却让父亲彻底失望了。

当我们兄弟几个终于长到能抡锨舞棒地和那户人抗争的时候,由于已经成为的事实,也由于成长这个过程太漫长,以至于我们淡忘了许多陈怨旧事。再没人提起那块地的事。

只有父亲刻骨铭心地记着属于我们家的那块地,我看见他时常隔着院墙窥视。有一次他带着我翻过那户人的院墙,在院子的顶东边挖出他三十年前埋在地里的一块石头,告诉我,这就是我们家的地界,狗日的硬给占了。

那时我十四岁,正读初中。我明白父亲的用意。当他把那块挖出来的石头原原本本埋进土里的时候,我便知道我再不能忘记这个位置,那块石头将从此埋在我心里。

至今我还时常追想父亲当年拿一把锨在长满蒿草的荒地上埋一块

石头时的情景。那时他或许还没成家，但他想到了自己会儿女成群，家族旺盛。他要给子孙们圈一块地，他希望儿孙们的宅院连着他的宅院，一连一大片。

那时村子刚刚建立，没谁约定他该圈多大的院子，占多少亩地。他凭自己的能力盖了幢房子，围了一个不小的院子，又在他的院子东边选好一块地，量出足够的亩数，把一块石头埋进去。

我们永远不会有父亲那样的经历了，永远不会有父亲当年那样的权力，随便在土地上埋一块石头，打一个桩，筑一段篱笆便认定这块地是他的。我们再不会有属于自己的土地和庄园，再不会有了。

十几年后的一天，当我回到阔别已久的黄沙梁村，眼前的景象竟让我不敢相信：无论我们家，还是那户人家的宅院都一样破败地荒弃在那里，院墙倒塌，残墙断壁间芦苇丛生。我们家的房子搬迁时卖给光棍冯三，还勉强有两间没塌的破房子。只是房前屋后的树已死的死，伐的伐，剩下孤零零几棵了。那一园桃树也不见踪迹。只有我亲手用土块和木棒搭造的门楼，还孤挺在那里，虽然门面已不见，门框也只剩半边，但门楼挺立着，从下面看上去每根木棒每块土坯都那么亲切熟悉。那户人家的宅院则一片废墟，连堵完整的墙都找不到了。

这时，我又想起父亲埋的那块石头。不用我们兄弟动一拳一脚，这块地便谁的也不是了。它重新荒芜了。我们家和那户人家都搬到了县城。那户人在县城开了家饭馆，租的是别人的房子，他再不会与谁争地、抢地了。整座县城都是别人的。

我好不容易在荒草和烂土块中找到父亲埋石头的位置。我没有挖出它，这块石头将没意思地埋下去，不知道父亲会不会时常想起它，但我相信他不会忘记。这块石头已作为父亲生命中最坚硬的一块骨头提前埋进土地中。父亲失去一个又一个家园后到了城里，他现在给一个建筑工地看大门，他晚上睡不着觉，便找了一个晚上不睡觉的差事。

多少个夜里，父亲眼睁睁看着跟自己毫无关系的一个工地，那些横七竖八的钢筋、砖瓦和冷冰冰的水泥制品，全没有他当年看守自家麦田时的那种温馨感觉。

父亲告诉我，这段时间他经常梦见有人叫他回去。就在前两天，他还梦见一个本村人给他捎话来，说我们家的地里长满了草，让他带着儿子们回去锄草。他告诉那个捎话人，我们家的地早给别人种了，我们家早就搬到城里不种地了。那人却说：地一直给你们家留着呢，那是你们家的地，你别想跑掉。

每次睡醒后，父亲都会茫然无措地坐上好一阵。

三

大哥是个典型的知识型农民，他上学到高中，虽没考上大学，但凭这点学历在村里一直从事记工员、会计之类的轻松活，这使他虽身在农村也多少脱离了日日下地干活的苦差。

在我的印象中大哥从小就不愿当农民，他的瘦弱身体也不适合种地这种苦力活。

按说，我们家搬到县城后，大哥从此可以与土地彻底绝缘。凭他的聪明，在城里随便谋个差事也会挣到钱。可是，他却一直没在城里找到一份称心的工作。就在前年，他又回到我们生活多年的那个乡村，和另一个农民合伙承包了四百亩荒地，打井、开荒共投资十五万元。

两个身无分文的农民，靠借钱、贷款筹集了这笔钱，他们肯在一片不毛之地上花如此大的血本，冒如此大的风险真让人无法理解。

结果，因地开出得晚了，第一年只种了些葵花。甚至没等到它们长熟，当几百亩地中稀稀的几乎可以数过来的葵花开花的时候，大哥便背负几万元的债回到县城。

直接原因是那口投资十万元的机井打歪了（也幸亏打歪了，后来靠打官司补偿了一些损失），而最根本的原因是，那是一片压根种不出粮食的盐碱地。

几辈人都没看上没动过一锨一锄的一片荒地，大哥竟看上了，是因为这块地一旦开出来，在承包期的六十年里，他就是地主。也因为能垦种的好地早被人垦种了，轮到他时只剩下这些盐碱滩。大哥做梦都想有一片自己的土地，在地头建一个属于自己的庄园。多少年的农民生涯中他虽收过不少的粮食，但他总觉得，在种别人的地。一块地种不了几年又会落到别人手里。

大哥花了一年多时间，开得好好的，整得平展展的四百亩地，从此将一年一年地荒芜下去，再不会有人去种它，谁都清楚了：这块地确实种不出粮食。

过不了一两年,那些开荒时被连根挖除的碱蒿子、红柳和铃铛刺,又会卷土重来,一丛一丛地长满这块地。但打起的埂子不会很快消失,挖好的水渠多少年后还会清晰地穿过土地,通到地头上那截树桩一样的锈钢管旁。那就是耗资十万元打歪的那口机井。

在广大农村,像这样成片成片荒弃的土地太多了,看到它的人也许不会在乎,顶多把它当一片荒野。

只有垦种过它,最终扔掉它远走的那个人,把它当成一块地。

一块种荒的土地。

人对一片土地彻底失望时,会扔掉它去寻找另一片土地。对一个农民来说,只要有一丝希望,哪怕穷困潦倒地活下去,他也不愿离乡离土去寻找新居。因为他知道创家立业的艰辛,知道撂荒土地和家园的痛苦。

在大哥一生中的无数个梦中,他都会梦见自己扛一把锄头,回到一望无际的那四百亩荒地,看着密密麻麻的荒草中不见一颗粮食,他会没命地挥动锄头,越锄草越多,越锄越荒凉。每次梦醒后他都要呆呆地回想一阵。

那是他一个人的荒凉。他独自在内心承受着的四百亩地的一大片荒凉。尽管他最终可以不耕而食,在外面挣了大钱,干成了大事,但这种荣耀并不能一次性地抵消以往生活中的所有遗憾。他终生都会为当农民时没种好的那块地、没收回的那茬粮食、没制好的那件农具而遗憾,终生的奋斗可能都是对以往缺憾的一种补偿,但永远都不会补全。

上个月,我再去看大哥时,他似乎已从那片荒地上回过神来。他又借了一笔钱,买了一套电焊设备,在自家的院子里搭了个棚,搞起电焊营生。他终于对土地彻底失望了。他那双握惯锄把的手开始适应着握焊枪时,他的农民生涯便从此结束了。给他打下手帮忙的是我最小的一个弟弟,不到一个月工夫,他们已经能焊出漂亮标准的钢门钢窗了。

在院子的另一角,是四弟投资架设的一个小型炼铁炉,在我们兄弟五个中,他在农村待的时间最长,也是我们家唯一靠种地有了几个钱的人。我们家从元兴宫搬到县城后,留下他,带着媳妇和一个刚满周岁的孩子,守着那一大院房子。靠全家人留下的近百亩好地和牲口农具,他自然比村里那些人多地少的人家收入要高些,但他还是种不下去了。

一年一年的种地生涯对他来说,就像一幕一幕的相同梦景。你眼巴巴地看着庄稼青了黄、黄了青。你的心境随着季节转了一圈原回到那种老叹息、老欣喜、老失望之中。你跳不出这个圈子。尽管每个春天你都那样满怀憧憬,耕耘播种。每个夏天你都那样鼓足干劲,信心十足。每个秋天你都那样充满丰收的喜庆。但这一切只是一场徒劳。到了第二年春天,你的全部收获又原原本本投入到土地中,你又变成了穷光蛋,两手空空,拥有的只是那一年比一年遥远的憧憬,一年不如一年的信心和干劲，一年淡似一年的丰收喜庆。

四

四弟搬到县城后，我们家留在元兴宫的那院房子的卖与不卖在家里引起争执。

四弟搬家前已和一户村民谈好了房价。

父亲坚决不同意卖房，他说那个价钱太便宜，那么大一个院子，大大小小十几间房子，还有房前屋后的好几百棵杨树，都能当椽子了。

哪有好几百棵树。母亲反驳说，别听你爸瞎说，前几天让他去砍几棵树来搭葡萄架，他还说树不成材，砍了可惜。才几天工夫就都成椽子了。

我想，父亲最根本的意思是不想卖掉房子，对于他经营多年，每棵树每堵墙每寸土都浸透着他的汗水的这个宅院，卖多贵他都会嫌便宜的。

在他心中那一棵棵环家护院的杨树是多么高大、壮实啊。它在父亲心中的地位，我们这些离家经年的儿女怎能轻易揣测呢。

一个又一个炎热夏天，父亲从地里回来，坐在那些树叶的阴凉下，喝碗水喘口粗气。

一个又一个不眠之夜父亲忍住腰疼腿疼，倾听树叶哗哗响动的声音，浮想自己的平凡一生。那些树叶渐渐在他心中变得巨大无比。

甚至家里的一草一木一土，都在父亲心中变得珍贵无比，你若拿一块赤金换他的一根旧锨把，他也未必愿意。

况且，这很可能是父亲一生中最后一个农家院子了。他在黄沙梁的院子卖给了光棍冯三。元兴宫这个院子刚刚收拾得像个家了，我们又搬到了县城。他再无力在另一片土地上重建一个这样大、这样温馨的宅院。对于他，这就是最后的家园，尽管它破旧、低矮、墙院不整。

父亲还是没有留住这个院子，随着儿女们的长大成人，父亲的话已显得无足轻重。我们家在农村的最后一座家园就这样便宜卖掉了。地也租给了别人。我们一大家人成了没有城市户口的城里人，没有地和家园的农民。在县城的边缘，我们买了两块宅地，盖起两幢我们家历史上迄今为止最高大漂亮的土砖木结构的房子，尽管房前也有一块菜地，屋旁也栽了几行杨树，但在我心中它永远无法和以前的那两个宅院相比。

或许多少年之后，它一样会弥漫浓郁的家园气息，在我们被生活挤到一边，失去很多不敢奢望久远的拥有时，会情不自禁地怀念我们家曾经坐落在城市边缘的这两院房子。而现在，它只是一个小小的穴，一个仅供生存的窝。

五

今年秋天的一个深夜,我从长途客车下来,穿过黑暗寂静的沙湾县城,回到自己的家门口。

几个月前,我辞掉从事多年的乡农机站管理员的职务,孤身进入首府乌鲁木齐,在一家报社做编辑。每隔一个星期,我回来一次,和家人团聚。

我外出打工前,已经把家从城郊村的大院子搬到妻子单位的两层庭院式小楼里。楼前有一个小院,院子里种了几棵葡萄,现在已硕果累累了。

我敲了几下院门,没有人回应。妻子和女儿都已睡熟。我又跑到楼后,对着窗户喊了几声,家里依旧静悄悄的。已经是凌晨三点,整个县城都在睡眠中,街上偶尔急匆匆过去一个骑自行车的人影,不远处一家酒店的灯亮着,好像还有人在喝酒。

记忆中从未这样晚回过家。在家时总是不等下班就回来,天一黑便锁上院门,在家里看书看电视,陪伴妻子女儿。

我找了几块砖垫在墙根,纵身翻进院子。在这样寂静的深夜,我想我的敲门声和叫喊肯定惊动了半个县城。明天半县城人都会知道有个男人半夜进不了家门。但谁都不会知道这个人是我。这个小县城进来十个、一百个人也不会觉得多谁。这个家里缺了我一个便一下子显得冷清。

因为我不在家，女儿只好把钥匙挂在脖子上，每天下午放学自己开门，自己进屋找水喝，找东西吃，刮风下雨天也没有人接她。妻子每天下班只好一个人做饭，一个人干着本是两个人的家务活：洗衣、拖地、照管孩子……就连架上的葡萄，也只能等我回来摘，为了通风向阳，葡萄架搭得高过了房顶，每次离家前，我都给女儿摘好一篮葡萄放着。可是，每次都是不等我回来她就早早吃完，接下来只有眼巴巴看着头顶一串一串的葡萄，盼着我回来给她摘。

我很感激妻子给我生了一个好女儿，我一点不想要儿子。我不像父亲，希望母亲给他生养几个能传宗接代的好劳力。我已经没有土地。在我的生活中，不会再出现多重多累的活非要我有个儿子做帮手才行。我自己足够对付了。

我渴望的是有两个女人的温馨家庭，一个叫我爸爸，一个叫我丈夫。更多时候我把她们当成两个女儿去喜欢去爱护。我如愿以偿，拥有了这样一个美好的家庭，而我却又离开它，来到一个陌生城市，我到底在寻求什么。

我轻轻敲楼房的门。我想我跳进院子时的响声足以惊醒家里人，可屋子里静静的没有回应。我推开伙房的门，拉亮灯，在碗柜里找到半盘剩菜和一个馍馍，自个儿吃了起来。我本打算赶回家吃晚饭，没想到车在路上一坏再坏，把时间耽搁到这么晚。本该是家人欢聚的一顿晚饭，现在却只有我独自吞咽了。毕竟是到了家里，虽是残汤剩饭，感觉却跟坐在郊外某个冷清饭馆大不一样。

我边吃边环视伙房里的一切，炉旁的煤、桌上的青菜和米，还有窗台上瓶瓶罐罐里的油盐酱醋及各种调料。我不在的时候，家里的生活依旧在继续着，没有因为我不在家而少生一次火，少做一顿饭，少洗一次碗。我忽然感到我在这个家里并不像我想象的那样重要。也许这才是正常的。人不应该把自己看得过分重要，无论对一个家庭还是对社会。因为你一旦重要到不可缺少的地步，你的离开便会造成对别人对周围环境的伤害。这样多不好。

在碗柜抽屉里我找到楼房门上的钥匙，轻轻打开门进去。妻子和女儿都睡在楼上，我拉开客厅的灯，看见家里的一切都还是原来的样子，家具的摆设、墙上的字画。连我没装好的一截电线，依旧斜吊在墙上。只有电视柜上多了一个相架，里面是我几年前在承德拍的一张彩色照片，后来听妻子说，是女儿整理书桌时翻出来的，她把它摆在了那里。女儿已经知道思念爸爸了。

我脱掉鞋，轻轻走上楼梯，女儿睡在楼梯口的一间小屋里，这是我的书房，背对着街道，有一扇面朝南的窗户，既安静又阳光明媚。后来女儿也看上了这间小房子，便抢去做了她的卧室和书房。女儿睡觉时喜欢把门从里面扣住，她这么小就懂得了戒备什么。妻子向来是半掩着门睡觉，我一侧身便进到卧室了。

妻子熟睡在床上，从窗户斜照进来的月光，正好落在她露在外面的一条腿上。我似乎多少次在什么地方见到过这样的月光。妻子的脸在朦胧的月光中显得更加美丽动人。我没有开灯，有好一阵，我只是愣愣地站在床边,神情恍惚,仿佛又扛着锨来到一片荒草萋萋的田地边。

这些年我目睹了许许多多的荒芜景象:家园荒凉、田地荒芜……我却不知道,真正的荒凉在这张铺满月光的床上。

这一次,是我两手空空,站在荒睡已久的妻子身旁。

我和妻子生活了近十年,从未这样长久地离开她。自从有了妻子和女儿,我就从没想到过要到别处去生活。我原打算在这个小镇上过一辈子算了。我把父母和兄弟一个个从农村搬到县城,我想让这个家有个好的前景,让父母兄弟们待在一起有个照应。我做到这一点了,可我还是不满足。

我辞掉安逸的工作,孤身进入乌鲁木齐。我想,我若能在这个城市打好基础,同样会把全家从沙湾县城搬进首府,就像当初把他们从元兴宫村搬到县城一样。一户农民,只能靠这种方式一步一步地走进城市,最后彻底扔掉土地变成城市人。

可我没想到,家园荒芜的阴影又一次蔓延到我的家里。我追求并实现着这个家的兴旺和繁荣,荒凉却从背后步步逼近,它更强大,也更深远地浸透在生活中、灵魂中。

我宁让土地荒弃十年,也不愿我心爱的妻子荒睡一晚。十多年前,我写下的这些天真的诗句竟道出了一个深刻无比的哲理:人无法忍受人的荒芜。

在这间卧室,这张铺满月光的床上,一个夜晚又一个夜晚,我的妻子在等我的时候独自睡着。谁会懂得,她一个晚上荒掉的,是我一生都收不回来的,无法补偿的。那些荒睡的夜晚将永远寂寞地空在她的一生里,空在我充满内疚的心中,成为我一个人的荒凉。

别人的村庄

我打问一个叫冯富贵的人。我从村庄一头问起，一户挨一户问，问到另一头再问回来。没有人认识冯富贵。天快黑了，我有点着急，眼看那些房子和人就要隐在黑暗中了。

最先看到这个村子是在中午，太阳明晃晃地跟着我不放，它好像终于找到一个值得一照的人。那些遍布荒野的矮蒿子枯枯荣荣多少年了，还这副不死不活的样子，时光对这块地方早就失望了。我四处望了望，也望不到什么尽头。除了前方隐约的一个村子——也可能是一片没有人烟的破房子。以前我遇到过这种事，走了很远的路去一个村庄，走到后才发现，是一片废墟。人都不知到哪去了。

有一次我想把一个没人住的破村子收拾出来自己住。我本来去另一个村子，途中错听了一个老汉的指引，他用一根当拐棍用的榆木棒朝前一指，我便头也不回地走了两天。到达后才知道是一座空村，也不知荒废多少年了，空气中散发着陈腐的烂木头味儿。我想，反正我走到了，管它是不是要去的村子，我也再没力气往别处去。我花了半年工夫，把倒塌的墙一一扶起来，钉好破损的门窗，清理通被土块和烂木头堵住的大路小路。我还从不远处引来一渠水，挨个地浇灌了村庄四周的地。等这一切都收拾好，就到秋天了。一户一户的人们从远处回来，他们拿着钥匙，径直走进各自的家。没有谁对村里发生的这一切感到惊奇。他们好像出去了一会儿又回来似的，悠然自若地在我打扫干净的房子里开始了他们的生活。我躲在一个破羊圈里，观察了这一切，直到我坚信再没有半间房子属于我，在一个月黑风高之夜，我贼一般逃离了那个村子。以后每去一个村庄，我总要仔细眺望一阵，看到炊烟才敢放心走去。

当时这个村子就像一条恭候主人的狗，远远地高翘着一根炊烟的尾巴，还听不到人声。有个两条腿的大东西在我之前穿过荒野，留下很深的两道辙印，我走在其中一条辙印里。身后已经看不到一个村子。我踩起的一小溜尘土缓缓沉落下来，像曾经做过的、正在失去意义的一些事情。

半小时前，三个骑马人迎面而过时，我就想，我走过的路上不会有我的脚印了。三匹马，十二个钉了铁掌的蹄子一路踏去，我那行本来就没踩清楚的脚印会有幸剩下几个呢。一两天后，再过去一群羊或几辆大车，我的行踪便完全消失了。我的脚印不会比一头牛的蹄印更深更长久地留在大地上，很快我将从我走过的路上彻底失踪。一旦我走出去几十里地，谁也别想找到我。

"那么马二球呢，马二球的房子是哪间？"

我拿着七八个人的名字，一遍又一遍打问，开始他们一口咬定村里绝对没有这几个人，他们给我指了一个百里外的村子，让我到那儿去问问。这个村庄也太会打发人，我想在过去的几十年甚至几百年间，他们肯定像打发我一样，给每位来到村里的陌生人指一个百里外的去处——远远打发走他们。这个村庄因此变得孤远、孤僻了。

村子里只有一条路，路旁胡乱地排着些房子。

我再一次问过来时，有人明显动摇了。

"冯富贵？我咋觉得有这么个人呢。"

"胡扯，就几十户人的村子，有没有谁我不清楚。"

"我也觉得，咋这么熟的名字，越听越熟悉。"

天很快暗下来，夜色使我先前看清的东西又变得模糊，房子和人，正一片一片从眼前消失。我站在暗处，听见一大片慌乱的关门声，接着又是一片开门的声音。黑暗中有一群人走到一起，叽叽喳喳议论起这件事，言语黑乎乎地波动在空气里。

我想，他们大概已弄不清是我找错了地方，还是他们自己错住在别人的村庄。

我想在这个村里过一夜，又不认识一个人。

在我一生中经过的村庄中，有些是在大白天穿过的，那些村庄的形状，村人的长相以及牲口的模样都历历在目。至今我仍清晰地记着给过我一碗凉水的那个村妇，她黄中透黑的脸、沾着几根草叶的蓬乱头发、粗糙的不曾洗干净的双手和那只有一个豁口的大白瓷碗。我仍感激着一头默默目送我走远的黑母牛,我们是在一条窄窄的乡道上相遇的。它见我过来,很礼貌地让开小道,扭过头,目光温和地看着我远去。这是它的道。我在经过别人的村庄和土地,我对如此厚重的恩遇终身感激。

我尤其感激那些农人,他们宁肯少收些粮食,在他们珍贵的土地中辟出一条又一条路,让我这个流浪人过去。我相信他们不是怕别人留在村里才这样做的。这是人家的地,即使人家全种上粮食不让你过,你也没有办法。一年夏天我就被一片玉米地挡住过。一望无际的一片玉米,长得密密麻麻。我走了几个来回,怎么也找不到穿过它的路。或许种地人原想:不会有人走到这么远,所以没有留路。没办法,我只好在地边搭了个草棚,我打算住一夏天,等种地人收了玉米,把地腾开我再过去。反正我也没太要紧的事。

等待的过程中我发现自己成了一个看玉米的人,在给谁看守也不清楚。我看着玉米一天天成熟,最后一片金黄了,也不见人来收。第一场雪都下过了,还不见人来。我有些着急。谁把这么大一片玉米扔在大地上就不管了,真不像话。会不会是哪个人春天闲得没事,便带上犁头和播种机,无边无际地种了这片玉米。紧接着因为一件更重要的脱不开身的大事,他便把自己种的这块玉米地给忘了。我想是这样的。很多人有这种毛病,种的时候图痛快,四处撒种,好像他有多日能。种出来却没力气照管,任其长荒,被草吃掉;或者干脆一走了之,把偌大一片不像样的庄稼扔在大地上。

我盖了间又高又大的粮仓，花了一冬天时间把埋在雪中的玉米全收进仓中。这时候我已忘了我要去的地方，雪把我的来路和去路全埋了。我封死粮仓的门，随便选了一个方向又开始游荡了。以后经过这里的人们，看到如此巨大的一仓玉米耸在路旁，惊喜之余，他们会不会想到是我干的呢。

走出很远了，或者说事过多年，每当回头我都看到那幢堆满玉米的粮仓高高耸立在荒野上。我把它留给每一个走过这片远地的人，我知道我再不能回去。

快进村子时，路旁出现了一大片墓地，我数了一下，有上千座坟吧，有些是新堆的，坟土新鲜，花圈虽烂犹存。有些坟头已塌，墓碑倾倒。我断定埋在这儿的，都是我将要去的这个村子里近百年来死掉的人。我停下来，撒了泡尿，是背对着墓地撒的，这是礼貌。尿水到地上很快就不见了，只留下一阵哗哗的水声，在空气中。

这片地方很久没下雨了。

我自己说了一句话。即使一千年没下雨这泡尿也解决不了问题。我系好裤子，一屁股坐在一个坟堆上。我感到累了。我屁股下面的这个人可能早不知道累了，不管他是累死的还是老死的，他都早休息好了。我看了看墓碑上的文字：

冯富贵之墓

生于×年×月×日

卒于×年×月×日

我在这片荒野上第一次看到文字，有点欣喜若狂。我掏出本子，记下这个名字，又转了几座坟，记下另几个人的名字。当时没想它的用处，后来进了村子，实在找不到落脚的地方，才突然想到记下的这几个人。

墓地看上去比村子大几十倍，也就是说，这个村里死掉的人远比现在活着的人多得多。这是另一个村子，独碑独墓，一户一户排列着，活人为死人也下了大工夫，花了钱。里面的棺材、陪葬品自不用说，光这墓碑，我蹬了一脚，硬邦邦，全是上好的石料，收拾起来足够盖一大院好房子。我曾用四块墓碑围过一个狗窝。我把碑文朝里立成四方形，留一个角做门，上面盖些树枝杂草，真是极好的狗窝。墓碑是我从一个荒坟地挖来的，那片坟地也是多年没人管，有些坟，棺材半露在外面，死人的头骨随处可见。我至今记得墓碑上那四个人的名字。奇怪的是在我离开黄沙梁的几年后，竟遇到和那四块墓碑上的名字完全吻合的四个人，他们很快成了我的朋友。有一年，我带他们回到黄沙梁。那时我的一院房子因多年无人住已显得破败，院墙有几处已经倒塌，门锁也锈得塞不进钥匙，我费了很大劲才弄开它。当我掀开狗窝顶盖，看见我的狗老死在窝里，剩下一堆白骨。它至死未离开这个窝，这座院子。它也活了一辈子。现在发生在这堆白骨周围的一切是不是它的回忆呢。在一堆白骨的回忆中我流浪回来，带了四个朋友，一个高个的，三个矮个的。下午的阳光照着这个破院子，往事中的人回忆着另一桩往事，五个人就这样存在了一个下午。这段存在中我干了件影响深远的事——我掀开狗窝，让四个朋友看多年前刻在墓碑上的他们的名字和生卒日期，四个朋友惊愕了。那个下午的阳光一下从他们脸部的表情中走失。后来他们背着各自的墓碑回去了。

他们说：留个纪念。

我说：有用尽管拿去吧，朋友嘛。

那个时候我有自己的村子，自己的土地和房子，我没有守好它们，现在都成了别人的。

听到狗吠时我已经快走出墓地，这个村子会不会留我过夜呢，我在心里想，我只是睡一觉就走，既不跟村里的女人睡，也不在他们干干净净的炕上睡，只要一捆草，摊开在哪个墙根，再找半截土块头底下一枕，这么简单的要求他们不会拒绝吧。万一他们不信任我呢，怕我半夜牵走了他们的牛，带走他们的女人，背走他们的粮食。一个陌生人睡在村里，往往会让一村人睡不安宁。

我曾在半夜走进一个村庄，月光明朗地照着那片房子和树，就像梦中的白天一样。我先走过一片收割得干干净净的田野，接着看到路旁一垛一垛的草。我想这个村庄把所有的活都干完了，播种和收获都已经结束，我啥也没赶上。即使赶上也插不上手，他们不会把自己都不够干的那点活让给我一份。宁肯倒给几块钱也绝不让我插手他们的事情。

村庄安静得要命，我悄悄地走在村中的土路上。月光下每家每户的门口都堆满金灿灿的谷物。院门敞开着。拴在树下的牛也睡着了，打着和人一样的鼾声。这时候，假若走进村里的不是我，而是一个贼，他会套上牛车，把村里所有的收成偷光，村里人也不会觉醒的。人一睡着，村庄就不是他的了，身旁的女人、孩子也不属于自己了。我蹑手蹑脚走进一户人家的院子，院子里几乎堆满了粮食，只留出一条走人的小道儿。我想找个地方睡一觉，却一点没睡意。这户人家有五六间房子，我推开一扇虚掩的门：是伙房。饭桌上放着半盘剩菜，还有一个被啃过一口的馍馍。我正好饿了，就坐下来吃光了这些食物。但没吃饱。我揭开锅盖，里面是半锅水和几个脏碗。出了伙房我又推另一个门，没有推动，好像从里面顶住了。门旁是一个很大的敞开的窗户，我探头进去，借着月光看见头朝外睡着的一炕人，右边是男人，紧挨着是女人和几个孩子，一个比一个睡得香甜。我真想翻窗户进去，脱掉衣服在这个大炕上睡一觉，随便睡在那个男人身旁，或者躺在那个女人身边，有一块被角儿盖着就满足了。第二天早晨我同他们一块儿醒来，一块儿吃早饭，他们不会惊讶这个在夜里多出来的人，我也不会在意夜间被女人搂错，浑身上下地抚摸。我没这样做，我还是照原路悄悄退出村子，在一堆稻草上躺了会儿，天没亮便远远地离开了。

至今我仍不知道那个村庄的名字。在我心中,那个村庄永远在纯纯洁洁的月光下甜睡着,它是我心中的故乡。

一条狗一叫,全村的狗都围了上来,它们或许多少年没见过生人,这下过过嘴瘾。这种场面我见多了,只要装个没看见没听见,尽管走你的路,保管没一条狗敢上来咬你。

随着狗叫,那些面目淡漠的村人一个一个地出现在门口,这种表情我也见多了。我想:他们不留我,我就返回去,在那片墓地上过夜。枕着坟头睡也很舒服。你们不留我,你们的先人会留我。

我晚到了一会儿,他们的一生就完了,埋在路旁的这些人——男人、女人、孩子,他们比活在村里的这些人更好呢,还是更冷漠。反正,前定在一生中的活他们干完了,话说完了,爱完了,恨也完了。现在他们成了永远的旁观者。日日夜夜以坟头眺望屋顶,用墓碑对视炊烟,村里人干了再好再坏的事他们也不插言、不鼓掌跺脚……这群死寂的不再吭声的观众,这么快被遗忘了。

我拿着七八个人的名字,悄无声息地站在夜色中。我不认识你们,但我知道这个村庄曾经是你们的,你们留下耕种多年的土地,腾出装修一新的房子,留下置办不久的农具,留下所有财产……你们走了。现在没一个人认得你们,他们没动任何干戈便占有了一切。他们是后人,哭喊着送走你们,把所有悲痛送给你们带走。留下财富和欢乐,他们享用。

这已是别人的村庄。

有一天你们从冥冥天路上回来,家园还能不能接受你们,他们会腾出房子让你们住进去吗。会让出地、农具和道路吗。

他们会承认自己一直借住在别人的村庄里吗。

我黑黑地站了一会儿,又黑黑地走出村子。再没人理我,说话声也听不见了。这个夜晚肯定有许多人睡不着。但都会不声不响地睡着。都要想办法熬到天亮。天一亮,许多事情便亮堂了。

一种寂静触动着我,猛一抬头,我看见村庄四周的田野上黑压压地站满了人,那些熟悉又陌生、亲切又如隔世的——先人。他们个个面色苍白、筋疲力尽。他们等着进村,他们的地和宅院全被人占了。他们乞丐一样静悄悄地恭候在村外,一个夜晚又一个夜晚地等候着。

他们不打扰村里人。

我也不打扰他们了。趁一点星光照着我,我早早走开,我想天亮的时候,没准儿我会走进另一个村子。

逃跑的马

我跟马没有长久贴身的接触，甚至没有骑马从一个村庄到另一个村庄这样简单的经历。顶多是牵一头驴穿过浩浩荡荡的马群，或者坐在牛背上，看骑马人从身边飞驰而过，扬起一片尘土。

我没有太要紧的事，不需要快马加鞭去办理。牛和驴的性情刚好适合我——慢悠悠的。那时要紧的事远未来到我的一生里，我也不着急。要去的地方永远不动地待在那里，不会因为我晚到几天或几年而消失。要做的事情早几天晚几天去做都一回事，甚至不做也没什么。我还处在人生的闲散时期，许多事情还没迫在眉睫。也许有些活我晚到几步被别人干掉了，正好省得我动手。有些东西我迟来一会儿便不属于我了，我也不在乎。许多年之后你再看，骑快马飞奔的人和坐在牛背上慢悠悠赶路的人，一样老态龙钟回到村庄里，他们衰老的速度是一样的。时间才不管谁跑得多快多慢呢。

但马的身影一直浮游在我身旁，马蹄声常年在村里村外的土路上踏响，我不能回避它们。甚至天真地想，马跑得那么快，一定先我到达了一些地方。骑马人一定把我今后的去处早早游荡了一遍。因为不骑马,我一生的路上必定印满先行的马蹄印儿,撒满金黄的马粪蛋儿。

直到后来,我徒步追上并超过许多匹马之后,才打消了这种想法——曾经从我身边飞驰而过扬起一片尘土的那些马,最终都没有比我走得更远。在我还继续前行的时候,它们已变成一架架骨头堆在路边。只是骑手跑掉了。在马的骨架旁,除了干枯的像骨头一样的胡杨树干,我没找到骑手的半根骨头。骑手总会想办法埋掉自己,无论深埋黄土还是远埋在草莽和人群中。

在远离村庄的路上,我时常会遇到一堆一堆的马骨。马到底碰到了怎样沉重的事情,以致它如此强健的躯体承受不了,如此快捷有力的四蹄逃脱不了。这些高大健壮的生命在我们身边倒下,留下堆堆白骨。我们这些矮小的生命还活着,我们能走多远。

我相信累死一匹马的,不是骑手,不是常年的奔波和劳累,对马的一生来说,这些东西微不足道。

马肯定有它自己的事情。

马来到世上,肯定不仅仅是给人拉车、当坐骑。

村里的韩三告诉我,一次他赶着马车去沙门子,给一个亲戚送麦种子。半路上马车陷进泥潭,死活拉不出来,他只好回去找人借牲口帮忙。可是,等他带着人马赶来时,马已经把车拉出来走了,走得没影了。他追到沙门子，那里的人说，晌午看见一辆马车拉着几麻袋东西，穿过村子向西去了。

韩三又朝西追了几十公里，到虚土庄子，村里人说半下午时看见一辆马车绕过村子向北边去了。

韩三说他再没有追下去，他因此断定马是没有目标的东西，它只顾自己往前走，好像它的事比人更重要，竟然可以把人家等着下种的一车麦种拉着漫无边际地走下去。韩三是有生活目标的人，要到哪就到哪，说干啥就干啥。他不会没完没了地跟着一辆马车追下去。

韩三说完就去忙他的事了。以后很多年间，我都替韩三想着这辆跑掉的马车。它到底跑到哪去了。我打问过从每一条远路上走来的人，他们或者摇头，或者说，要真有一辆没人要的马车，他们会赶着回来的，这等便宜事他们不会白白放过。

我想，这匹马已经离开道路，朝它自己的方向走了。我还一直想在路上找到它。

但它不会摆脱车和套具。套具是用马皮做的，皮比骨肉更耐久结实。一匹马不会熬到套具朽去。

而车上的麦种早过了播种期，在一场一场的雨中发芽、霉烂。车轮和辕木也会超过期限，一天天地腐烂。只有马不会停下来。

这是唯一跑掉的一匹马。我们没有追上它，说明它把骨头扔在了我们尚未到达的某个远地。马既然要逃跑，肯定有什么东西在追它。那是我们看不到的、马命中的死敌。马逃不过它。

我想起了另一匹马，拴在一户人家草棚里的一匹马。我看到它时，它已奄奄一息，老得不成样子。显然它不是拴在草棚里老掉的，而是老了以后被人拴在草棚里的。人总是对自己不放心，明知这匹马老了，再走不到哪里，却还把它拴起来，让它在最后的关头束手就擒，放弃跟命运较劲。

我撕了一把草送到马嘴边，马只看了一眼，又把头扭过去。我知道它已经嚼不动这一口草。马的力气穿透多少年，终于变得微弱黯然。曾经驮几百斤东西，跑几十里路不出汗不喘口粗气的一匹马，现在却连一口草都嚼不动。

"一麻袋麦子谁都有背不动的时候。谁都有老掉牙啃不动骨头的时候。"

我想起父亲告诫我的话。

好像也是在说给一匹马。

马老得走不动时，或许才会明白世上的许多事情，才会知道世上许多路该如何去走。马无法把一生的经验传授给另一匹马。马老了之后也许跟人一样，它一辈子没干成什么大事，只犯了许多错误，于是它把自己的错误看得珍贵无比，总希望别的马能从它身上吸取点教训。可是，那些年轻的活蹦乱跳的儿马，从来不懂得恭恭敬敬向一匹老马请教。它们有的是精力和时间去走错路，老马不也是这样走到老的吗？

马和人常常为了同一件事情活一辈子。在长年累月、人马共操劳的活计中，马和人同时衰老了。我时常看到一个老人牵一匹马穿过村庄回到家里。人大概老得已经上不去马，马也老得再驮不动人。人马一前一后，走在下午的昏黄时光里。

在这漫长的一生中，人和马付出了一样沉重的劳动。人使唤马拉车、赶路，马也使唤人给自己饮水、喂草加料、清理圈里的马粪。有时还带着马去找兽医看病，像照管自己的父亲一样热心。堆在人一生中的事情，一样堆在马的一生中。人只知道马帮自己干了一辈子活，却不知道人也帮马操劳了一辈子。只是活到最后，人可以把一匹老马的肉吃掉，皮子卖掉。马却不能对人这样。

一个冬天的夜晚，我和村里的几个人，在远离村庄的野地，围坐在一群马身旁，煮一匹老马的骨头。我们喝着酒，不断地添着柴火。我们想，马越老，骨头里就越能熬出东西。更多的马静静站立在四周，用眼睛看着我们。火光映红了一大片夜空。马站在暗处，眼睛闪着蓝光。马一定看清了我们，看清了人。而我们一点都不知道马在想些什么。

马从不对人说一句话。

我们对马的唯一理解方式是：不断地把马肉吃到肚子里，把马奶喝到肚子里，把马皮穿在脚上。久而久之，隐隐就会有一匹马在身体中跑动。有一种异样的激情耸动着人，变得像马一样不安、骚动。而最终，却只能用马肉给我们的体力和激情，干点人的事情，撒点人的野和牢骚。

我们用心理解不了的东西，就这样用胃消化掉了。

但我们确实不懂马啊。

记得那一年在野地，我把干草垛起来，我站在风中，更远的风里一大群马，石头一样静立着，一动不动。它们不看我，马头朝南，齐望着我看不到的一个远处。根本没在意我这个割草人的存在。

我停住手中的活，那样长久羡慕地看着它们，身体中突然产生一股前所未有的激情。我想嘶，想奔，想把镰刀扔了，双手落到地上，撒着欢子跑到马群中去，昂起头，看看马眼中的明天和远方。我感到我的喉管里埋着一千匹马的嘶鸣，四肢涌动着一万只马蹄的奔腾声。而我，只是低下头，轻轻叹息了一声。

我没养过一匹马，不像村里有些人，自己不养马喜欢偷别人的马骑。晚上乘黑把别人的马拉出来骑上一夜，到远处办完自己的事，天亮前把马拴回圈里。第二天主人骑马去奔一件急事，马却死活跑不起来。马不把昨晚的事告诉主人。马知道自己能跑多远的路，不论给谁跑，马把一生的路跑完便不跑了。人把马鞭抽得再响也没用了。

马从来就不属于谁。

别以为一匹马在你胯下奔跑了多少年，这马就是你的。在马眼里，你不过是被它驮运的一件东西。或许马早把你当成了自己的一个器官，高高地安置在马背上，替它看路，拉缰绳，有时下来给它喂草、梳毛、修理蹄子。交配时帮它扶扶马锤子。马全靠感觉、凭天性。人在一旁看得着急，忍不住帮马一把。马正好一用劲，事成了。人在一旁傻傻地替马笑两声。

其实马压根不需要人。人的最大毛病，是爱以自己的喜好度量其他事物。人习惯了自己的，便认定马也需要。人只会扫马的兴，多管闲事。

也许，没有骑快马奔一段路，真是件遗憾的事。许多年后，有些东西终于从背后渐渐地追上我。那都是些要命的东西，我年轻时不把它们当回事，也不为自己着急。有一天一回头，发现它们已近在咫尺。这时我才明白了以往年月中那些不停奔跑的马，以及骑马奔跑的人。马并不是被人鞭催着在跑，不是。马在自己奔逃。马一生下来便开始了奔逃。人只是在借助马的速度摆脱人命中的厄运。

而人和马奔逃的方向是否真的一致呢。也许人的逃生之路正是马的奔死之途，也许马生还时人已经死归。

反正，我没骑马奔跑过，我保持着自己的速度。一些年人们一窝蜂朝某个地方飞奔，我远远地落在后面，像是被遗弃。另一些年月人们回过头，朝相反的方向奔跑，我仍旧慢慢悠悠，远远地走在他们前头。我就是这样一个人。我不骑马。

谁也没走掉

整个冬天，雪封住远远近近的道路。粮食堆在仓里，劈好的烧柴码在墙根。只剩下睡觉一件事情。人在睡，牲畜也在睡。每个人都可以睡到瞌睡尽头，谁也不喊谁。先醒的人看见其他人都睡着，一闭眼又睡过去。那时人会知道瞌睡尽头不一定是天亮，有时是另一个夜晚。

人们又聚在大牛圈里，商量什么时候走。因为走是每家每户的事。要全村一起走，不能剩下一户人，连一头牲口也不能剩下。每家都要说说自己啥时能动身。准备好的人也不能先走，得等那些没准备好的人，可能一等几年，谁知道呢。也不能睡着等、闲坐着等，该种地还要种地，该出去跑买卖的还要出去，等到被等的人家准备好了，等待他们的人家又有麻烦了，家里的一个人没有回来，或者女人又怀孕了，随便一件小事又把人留一年。能留人的事多着呢，你听他们说的话，好像都在说要走的事。

"等我们家黑牛娃子长大了就走。"杜才说。

"等我们家房后那棵柳树长到能做橡子了就走，已经长到胳膊粗了,再有两年就成材,现在走了可惜了,走到哪儿都要盖房子,带上几根木头不会错的。谁能保证去的地方就一定有树。有树就一定正好能做椽子。"韩三说。

"等我们把房子住坏再走吧,墙还结实着呢,一个口子都没有。即使到了一个新地方,不知道我还能不能盖起这么结实的房子。你们都知道,盖房子要打土墙,打土墙要有劲。而我已经没多少劲了,我的儿子还没长大成人。"邱老二说。

"我不管他们了,这一年庄稼收了,我们就走。"胡木说。

走是虚土庄最大的事。每当决定要走的时候,满村子母亲喊孩子的声音,仿佛每家都有一个孩子没回来。

母亲呼喊的时候,远远地顺着风声,听见孩子的答应,小虫子的鸣叫一般,听见树叶一样细细的脚步声,朝村子走近。那时我蹲在墙头,看一场风刮进村子,远处的树叶一片片地涌到墙根,落到窗台和门槛。每年,那些远处的树叶,学着孩子的脚步走进村子。当两片树叶,一起一落走在荒野,所有母亲竖起耳朵。

就像那时,人们停下来等一个孩子出生,现在,所有人停住手中的活,停住要走的想法,等好多孩子回家。

有几年,是父亲嚷嚷着走,母亲说要等一等。她听见了孩子的脚步声,母亲知道自己有几个孩子,哪个来了,哪个还在路上。父亲等不及,就一次次赶马车出远门。他回来时家里果然多了一个孩子,两眼生生望着他。家里每多一个孩子，父亲就多一个陌生人。

另几年村子突然忙起来，好多年的事情，堆到一起。连有五个儿子的父亲，都叹息人手不够。

"我们真应该再等些年呢。"当父亲的说这句话时，眼睛看着村外，仿佛他的另五个儿子，正在回家的路上。

有一年人们似乎准备好了，家家招呼着要走。仓里的粮食装进麻袋，长成椽子的树砍倒，绳子和筐派上用处。俗话说，跑三年，一根棍。守三年，背不动。

人们不知道住了几年，或许已经很多年，早不是以前的那一茬人。早些年说着要走的那些人，可能早走掉了。我觉得人们的模样已有所不同。村子已经换了几茬人，我依旧没有长大，看不清他们的脸，我只能从鞋子和裤腿认识那些人。好多脚回到村子，好多鞋子没回来。

人们往车上装东西，往房子外搬东西。

绳子不够用了，许多东西要捆起来运走，捆起来的东西好像也没法全运走，人们把一房子一院子的东西装到一辆车上，简直是件无法想象的事。于是，扔掉什么，带走什么，变得比走不走更重要了。

每家都有矛盾，往往为一个小东西的扔与不扔，妻子和丈夫、丈夫和儿子、儿子和母亲、爷爷和孙子都不能统一意见。

正当人们为此发愁，突然，做顺风买卖的人从奇台那边带来消息，说有一个人正向虚土庄走来,他在奇台生病了,住了一个冬天。他向所有遇见的人打听虚土庄子人,村里每个人的名字他都问到了。现在他的病大概好了,那个人可能已经闻着这一年的麦香走来了。

因为不知道那个人的名字,长相也没说清,就都认为是自家的亲戚。

"我们得等一下这个人。"王五爷说。

"好不容易准备好了,我们不能因为一个谁也说不清的人,把多少年的计划放弃了。"冯七爷说。

"我们可以在墙上写字,说明我们去的方向。让他随后跟来。"刘五说。

"这怎么行呢?"王五爷说,"那个人走到虚土庄,肯定像我们当时一样,累得没劲了。他会停下来过冬,这一冬一过,就说不上了。俗话说,黄金屁股西风腿。意思是说,人的屁股比金子还沉,一坐下再想起来,不容易。尤其春天来了,他看到我们扔掉的这么多耕好的地,他怎么舍得呢?还有这么多没人住的房子。说不定他就一年年住下去了。拖住我们的东西一样会拖住他。那样他老死也走不出这个村子。也许他会回到老家,再喊一帮子人,到这个村庄来过日子。而我们一直想着有一个人在路上追赶我们,我们在哪儿落脚都会不安心,老是回头望。这样我们又会变成歪脖子。"

等待的人没来。第二年夏天,路过虚土庄的买卖人说,那个人确实离开奇台向虚土庄方向来了,他走了大半年,应该早到了。会不会留在别的村庄,不来了。或者走过了头,半夜穿过村子,只要走过去,前面再不会有虚土庄,他就会没有尽头地走下去,像被野户地人报复的韩三一样。

倒是有几封信从甘肃老家寄来,说有好几个人已经动身来投奔我们。让我们一定在虚土庄子等。

"那就再等两年。顶多等三年。"王五爷说。

"等十年也不会等齐他们。"冯七爷说。

从甘肃老家到新疆省城,再过老沙湾到虚土庄,几千里路,数不清的岔路口,我们又不能在每个岔路口站一个人等他们。出来十个人,最后有没有一个人走到这里,谁也说不清。许多人会把路走岔,知道自己走错路时,已经没办法回去,也许走着走着人老掉了,没有重走一条路的时间和力气。

即使没走错路的人,也不一定能走这么远。人动身离家时都以为自己有目的,手里拿着一个遥远的地址。那里有亲人等着自己。可是一走到路上就是两回事了。尤其几千里的路,人走着走着发现自己像一个梦游者慢慢醒来,人在路上边走边想,有时会住在一个地方想一阵子再走,这一阵子有多长就没数了,短则几天数月,长则几年。人只要在中途停下,待几个月,想法就会变,好吃好喝好女人,都能留下人。一个好梦也能留下人。尤其碰见个好女人,怎么舍得离开?人就会想,剩下的路算了,不走了。

好多人留下了。人走着走着就忘掉目的，随便在一个村庄住下来，生儿育女。

在那些荒野中的村落里，到处住着这样的人，问他们从哪儿来的，都知道。问他们到哪儿去，都不知道。好像都住在路上，随时要离开的样子，随便盖几间房子，又矮又破。随便种一块地，不方不圆。从来不修条平顺路让自己走。都在凑合，十年二十年过去，五十年过去，却很少有人搬走。村子越来越破旧。上一代人埋在村外了，下一代人仍不安心，嚷着要走。

所有路都走遍了。每个人都想把村子带到自己的路上。夜晚他们暗暗围在一起，讲自己找到的路，尤其跑顺风买卖的，跑遍这片荒野，知道的路比头发还多。可是，他们都对别人不屑一顾。当冯七说出一条通向柳户地的路时，韩三就会反驳，我跑遍了荒野，怎么从来没看见没听说这样一条路？而韩三说出走荒舍的一条路时，冯七又提出同样的质疑。

谁都看不见别人走过的路。围在油灯下的一村庄人，谁看谁都是黑的。一个村庄，不可能走上一条只有一个人知道的路。

我孤单一人站在童年

村里剩下我一个老人。先我老掉那一茬人,走着走着不见了,前面再没人了。这时我听见最后面那些小孩子中,有叫王五的,有喊冯七、张三的,他们又回到童年,还是一块儿玩老的那一群,又重新开始了。

村子又回到多少年来的老样子。我从六十岁往七十岁走的时候,他们正从三十岁往四十岁走。当时我走过这个年岁时,他们都没长大,我掌管着村子,做梦一样做了许多美滋滋的好事情。我的脚印还留在那里,我撒尿结的碱壳子还留在芨芨草和红柳墩下面。我没走远的身影还在他们的视野里。他们从不担心在荒野上迷向,而害怕在时间中找不到路,活着活着到了别处。我要是使坏,把他们往时间岔路上领,趁夜晚睡糊涂时,把他们领到过去,或带到一个他们不认识的年月,他们也没办法。我的前面再没人了,往哪儿走不往哪儿走,我说了算。停下不走也是我说了算。有一年我不想动弹了,死活不往下一年走,他们也得受着,把吃过的粮食再吃一遍,种过的地再种一遍。他们可以掌管村庄，让地上长粮食，女人怀孕。但我掌管时光。我是村里最老的人，往时光深处走的路密布在我的额头和眼角。

　　我不能走得太快。我不知道自己的寿数，往前走到某个年月突然就没有我了。我可不能让他们走到一个没有我的年月。要是我不在了，年月还叫年月吗？

　　多少年后，我从村庄走失，所有的人停下来。年轻人、跟在我后面老掉的那一群人，全停下来，不知道往哪儿走。我走着走着一脚踏空。谁也看不清前面路上让人一脚踏空的大坑。这个大坑，就像那片耗掉过几茬牛劲的泥沼泽，现在它干涸了，还是有人和牲口走着走着一头栽进去。

　　他们跟着我，以为我能绕过去。我确实一次次绕过去，可是，这个坑越来越大，我看不见它的边时，就不想再绕了。我一脚踏空——可能进去了才知道，那是一道家门。但他们不知道。

　　那一刻他们全停住。我离开后时光再没有往前移，连庄稼的生长都停止了。鸟一动不动地贴在天上。人和天地间的万物，在这一刻又陷入迷糊：我们跟着时间走是不是一个天大的错误？就在多少年前，人们在虚土庄落脚未稳的一个夜晚，全村人聚在那个大牛圈棚里，商议的就是这件事：我们跟时光走，还是不跟时光走。可能有些人，并没像我们一样日出而作，日落而息，我们在时光中顺流而下时，他们也许横渡了时光之河,在那边的高岸上歇息呢。也许顺着一条时光的支流,到达我们不清楚的另一片天地。谁知道呢,我一脚踏空的瞬间看见他们全停住了。往回落的尘土也停住。狗叫声也在半空停住。

这时,他们听见我远远的喊声,全回过头,看见我孤单一人站在童年。

月亮在叫

那一夜刮风，我听见三层声音，上层是乌云的，它们在漆黑的夜空翻滚、碰撞、磨蹭，挨挨挤挤，向往更黑暗的年月里迁徙搬运。中层是大风翻过山脊的声音，草、麦子、野蔷薇和树梢被风撕扯，全是揪心的离散之声。我在树梢下的屋子里，听见从半空刮走的一场大风，地上唯一的声音是黑狗月亮的吠叫，它在大杨树下叫，对着疯狂摇动的树梢叫，对着翻滚的乌云叫。紧接着，我听见它爬上屋后被风刮响的山坡，它的叫声加入到山顶的风声中，在更高的云层中也一定有它的叫声。它在那里撕心裂肺地叫。我不知道它遇见了什么。对一条狗来说，这样的夜晚注定不得安宁，从天上到地下，所有的一切都在发出响动，都在丢失。它在疯狂跑动的风中奔跑狂叫，像是要把所有离散的声音叫回来。

另一夜我被它的狂吠叫起来，循声爬上山坡。我猫着腰，双手爬地，在它走过的草丛中潜行。它在自己的吠叫声里，不会听见背后有一个人爬过来。我在离它不远的草丛停住，看见它伸长脖子，对着天上的月亮汪汪吠叫。我像它一样伸长脖子，嘴大张，却没有一丝声音。

满山坡的白草，被月光照亮。树睡在自己的影子里，朝向月亮的叶子发着忘记生长的光。我扬起的额头一定也被月光照亮，连最深的皱纹里都是盈盈月光。

这时我听见远处的狗吠，先是山坡那边泉子村的，一条嗓门宽大的狗在叫，像哐哐的拍门声，每一句汪汪声都在拍开一面漆黑的大门。紧接着村子北面的几条狗也吭起声，南边大板沟的狗吠也隔着山梁传过来。

此刻我们家的牧羊犬月亮，正昂首站在坡顶明亮的月光里，站在四周汪汪的狗吠中心。

我站在它身后，一声不吭。

我们不在院子的多少个黄昏和夜晚，它独自爬上山坡，用一条母狗的汪汪吠叫，唤起远近村庄的连片狗吠。然后，它循着一个声音跑去，每跑过一片坡地麦田，每爬上一座荒草山顶，都停下来，回头看身后的院子，侧耳听后面的动静。它对这个大院子的不放心，使它一夜夜地不曾跑远，那些夜晚的风声带着满院子树叶屋檐的响声，把它唤回来。它回到自己的院子里吠叫，把远近村庄的狗，叫到大院四周，它们进不了院子，不知道院墙上它独自进出的狗洞。

那样的夜晚，院子没有人，月亮的叫声悠远孤高，它不是叫给我们听，它知道自己的主人在听不见狗吠的远处，它在院子里闻不到主人的气味，从远处刮来的风中也没有主人的气息，整个院子是它的，悄然矗立的房子是它的，寂静移动的光阴是它的。

又一个夜晚，我听见它吠叫着往山坡上跑，一声紧接一声的狗吠在爬坡，待它上到坡顶，吠叫已经悬在我的头顶。我仰躺在床上，听见它的叫声在半空里，如果星星上住着人，也会被它叫醒。

接着我听见它的叫声跑下山那边的大坡，那个坡似乎深不见底，它的声音正掉下去。其实那边是泉子沟的山谷，不深，只是月亮的吠叫深了，我再听不见。

我担心地躺在床上，不知道什么声音把它喊走了，想起来去看看，又被沉沉的睡意拖住。

那个夜晚，天上的月亮从东边出来，翻过菜籽沟，逐渐地移到后面的泉子沟。这只叫月亮的狗，跟着天上的半个月亮，翻山越岭。

它可能不知道天上悬着那个也叫月亮，但它肯定比我更熟知月亮。它守在有月亮的夜里，彻夜不眠。在无数的月光之夜，它站在坡顶的草垛上，对着月亮汪汪汪吠叫，仿佛跟月亮诉说。那时候，我能感觉到狗吠和月光是彼此听懂的语言，它们彻夜诉说。我能听懂月光的一只耳朵，在遥远的梦里，朝我睡着的山脚屋檐下，孤独地倾听。我的另一只耳朵，清醒地听见外面所有的动静里，没有一丝月光的声音。

它一定知道我在听。

它听见屋后山坡上的响动。有时一场大风在翻过山顶。有时一个人悄然走过，踩动草叶的脚步声被它灵敏的耳朵听见。有时它听见黑云贴地，从后山压过来。它知道我的耳朵听不见黑夜到来的声音。它先在我的门口叫,在窗户边叫。它要先叫醒我,让我知道夜已经变得更黑更冷。

有时它叫得紧了,金子会喊我出去看看。更多时候我懒得出门,打开手电从窗户照出去,光柱对着两侧教室的门窗扫一圈,对着高高的白杨树和松树扫一圈,对着孔子石像前的台阶照下去,大门和外面的马路,被树挡住。

看见手电光它会回来,站在光柱里,扭过头看。我打开窗户,探头出去,喊一声"月亮",我的喊声在它停息吠叫的大院子里,空空地响着。我关了手电,悄然走在有它陪伴的月光里。它对着月亮叫,我也对着月亮,嘴大张,发出的声音却仿佛是它的。

有时它的叫声在院子外面,在屋后山坡上,我的手电光掠过树梢,朝它对着吠叫的月亮照去。四周没有一点光,两旁黑沉沉的山梁,将远处城市的灯火挡在了另一个世界,所有的光亮都在天上,繁星、银河、月亮。这来自地上的一束手电光,伴随我仰望的一缕目光,在遥遥的月亮上,与一只狗的目光相会。

有一夜它不停地叫到天快亮,我睡着又被它叫醒。金子一直醒着,她过一阵对我说一句,你出去看看吧,院子可能进来人了。

我说没事,睡吧。

说完我却睡不着,满耳朵是月亮的狂吠。它嗓子都哑了,还在叫。

我穿衣出去,手电朝它狂吠的果园照过去,走到它吠叫的教室后面,对着穿过林带的小路上照。全是黑黑的树影。月亮亲热地往我身上蹿，我摸着它热乎乎的额头。它叫了一晚上，就想叫我出来，有东西在夜里进了院子，但我看不见它所看见的。我关了手电，蹲下身耳朵贴着它的耳朵静听了一会儿，又打开手电。天上寥寥地闪着几颗星星，光亮照不到地上。树挤成一堆一堆，感觉那些高大的树都蹲在夜里，手电照过去的一瞬，它们突然站起来。

果真有人进了院子。那是另一个夜晚，我掀开窗帘，看见一个人走进大杨树下阴影里。我赶紧起床，开门出去，手电对着那块阴影照，什么都没有。月亮在我前面狂咬，沿着穿过白杨树阴影的小路往上走，前面是一棵挨一棵的大树，那个人不见了。

我回来睡觉。过了会儿，月亮又大叫起来，我掀开窗帘，看见刚才那个人正从大杨树的阴影里走出来。这次我看清了，他肩上扛着东西，还打着一个小手电。月亮只是站在台阶上狂咬，不接近那个人。

我出门喊了一声。那人站住，手电照过去，我看见他肩上的铁锨。

是书院后面的村民，他在夜里浇地，水渠穿过我们院子，他沿渠巡水。

月亮见我出来胆子大了，直接扑上去咬。我喊住月亮，和那人说了几句话，仍然没认清他是谁。

这时东方已经泛白，从对面山梁上露出的曙光，还不能全部照亮书院。我喜欢这种微明，天空、树、房子和人，都半睡半醒。

头遍鸡叫了。我们家那只大公鸡先叫出第一声，接着，一山沟的鸡都开始叫。

我看看手机,早晨六点。我还有三个小时的回头觉,得把脑子睡醒,不然一天迷迷糊糊,啥事情都想不清楚。

另一夜大风进了院子,呼啦啦地摇白杨树和松树,摇苹果树和榆树。月亮在铺天盖地的风声里听见一个人的脚步声,它对着果园狂叫。我也隐隐听见了,像是多少年前我在那些刮大风的夜晚回家的脚步声,被风吹了回来。

我起身开门,顶着凉飕飕的秋风,走进月亮吠叫的果园。这时候大风已经把天上的云朵刮开,月光星光,照亮整个院子,我没有开手电,在清亮的月光里,看见一个人站在苹果树下,摘果子。风摇动着果树梢,树下却安安静静。那个人头伸进树枝里摸索一阵,弯腰把摸到的苹果放进袋子。那些苹果泛着月光,我想在他弯腰的一瞬看见他是谁。但是,他一弯腰,脸就埋在阴影里。我在另一棵苹果树下,静静看他摘我们的果子。有一刻他似乎觉察出了什么,朝我站的这棵果树望,我害怕得憋住呼吸,好像我是一个贼,马上要被发现了。接着他又摘了几个果子,然后,背起满满的一袋子苹果,朝后院墙走。

月亮突然狂叫着追过去。在我静悄悄站在树下看那人时,月亮靠在我的腿边,它也安静地看着那个人。它或许在等我开口说话,它等了很久,终于忍不住,猛地扑了过去。那人一慌,摔倒在地,爬起来便跑,跑到院墙根,连滚带爬,从院墙豁口翻出去。

我没有喊月亮。它追咬到豁口处停住,对着院墙外叫了一阵,又转头回来。

我带着月亮穿过秋风呼啸的果园，不时有熟透的苹果落下来，腾的一声。有时好多个苹果噼噼啪啪地落在身边，我慢慢地走着，弓腰躲过斜伸的树枝。我想会有一个苹果落在我头上，腾的一声，我猛地被砸醒，不由自主地发出疼痛的"哎呀"声。

可是没有，从始至终，我没有发出一丝声音，甚至没有叫一声月亮。

待我回屋躺在床上，突然后悔起刚才自己的噤声。月亮那样声嘶力竭地叫我出去，它是想让我叫一声，它知道那个人在拿东西，它认得贼的样子，它想让只有孤单狗吠的夜里，也有我的一声喊叫。可是，我没有出声。

在我沉睡前的模糊听觉里，月亮孤独的叫声又在外面响起来了，一声接一声地，把我送入凉飕飕的梦中。

在无数个刮风的夜晚，它彻夜不眠。风进院子了，树梢在动，树的影子在动，所有的东西都发出声响，连死去两年的那棵枯杏树，都呜呜地叫。

黑狗月亮的吠叫淹没在巨大的风声里，仿佛它也被风吹着叫，它的叫声也成了风声的一部分。在它过于灵敏的耳朵里，风吹树叶的声音都大得惊人。那时候，我在自己辽远的睡梦中，满世界不安的响动，四周阴森森，我身不由己，被拖进一场恐怖的梦魇中，我奔跑、嘴大张，我的声音像被谁没收了。最后，我拼命喊出的那一声，飘出窗户，被它听见。它猛地转身，从屋后满是月光的山坡回来，从树荫摇曳的果园回来,从只有它自己的吠叫声里回来。它对着我的窗户大叫,它不知道我在梦中发生了什么,但它听见我从未有过的叫声。它拿脊背搡门,像我晚起的那些早晨,它在门口守候久了,拿脊背笨拙地搡门。

我在它的叫声里突然醒来。

等一只老鼠老死

我妈种的甜瓜，熟一个被老鼠掏空一个。去年老鼠还没这么猖獗，甜瓜熟透，我们吃了头一茬，老鼠才下口。可能这地方的老鼠没见过甜瓜，我们让它尝到了甜头。今年老鼠先下口，就没我们吃的了。

"白费劲，都种给老鼠了。"我妈说。

老鼠在层叠的瓜叶下面，一个一个摸瓜，它知道哪个熟了，瓜熟了有香味，皮也变软。我们也是这样判断甜瓜生熟。老鼠早在瓜苗开出黄色小花，结出指头小的瓜娃时，就在旁边的洋芋地里打了洞，等甜瓜长熟。老鼠不吃洋芋，除非饿极了。只有我们甘肃人爱吃洋芋，吃出洋芋的甜。去年给我们盖房子的河南人和四川人都不喜欢吃洋芋，他们爱吃红薯。

甜瓜的甜确实连老鼠都喜欢，它吃香甜的瓜瓤，还嗑瓜子。有时老鼠把一个熟了的甜瓜咬开，只是为了嗑里面的瓜子，把整个瓜糟蹋了。我们没办法跟老鼠商量，瓜熟了我们先吃瓤，瓜子留给它们吃。事实上，我们所吃的西瓜甜瓜的籽，都扔在外面喂老鼠和鸟了。老鼠明知道我们不吃甜瓜籽，我们只吃瓜瓤，瓜子迟早丢在地上给它吃，它为啥不等一等，非要跟我们过不去，让我们想方设法灭它呢。

瓜糟践完就轮到葵花、苞米。秋天收葵花时才发现，那片低垂的葵花头几乎没籽了，老鼠老早已顺着葵花秆爬上来，一粒一粒偷光了葵花子。我提着镰刀在葵花地里找老鼠漏吃的葵花，一个个地掀开葵花头，下面都是空的，像一张张没表情的脸。

我们种的葵花一人多高，老鼠得爬上爬下，每次嘴里叼一个葵花子，得多久才能把脸盆大的一盘葵花子盗完，又多久才能把一地葵花子盗走。老鼠也许不用爬上爬下，它用牙咬下一颗，头一歪扔下来，下面有老鼠往洞里搬运。老鼠甚至不用下去，沿那些勾肩搭背的阔大叶子，从一棵转移到另一棵，挑拣着把籽粒饱满的葵花头盗空，把没长好的留给我们。

最惨的是玉米，老鼠爬上高高的玉米秆，把每个玉米棒子上头啃一顿。我妈说，老鼠啃过的，我们就不能吃了，只有粉碎了喂鸡。

老鼠赶在入冬之前，把地里能吃的吃了，吃不了的也啃一口糟蹋掉，把能运走的搬进洞。我们收拾老鼠吃剩下的，洋芋挖了进菜窖，瓜秧割了堆地边，豆角和西红柿架收起来，码整齐，明年再用。不时在地里遇见几只老鼠，又肥又大，想一锨拍死，又想想算了。老鼠在洞里储足了粮食，或许就不进屋里扰我们。冬天院子里寂静，雪地上一行行的老鼠脚印，让人欣喜呢。老鼠在大冬天走亲戚，一窝和另一窝，隔着几道埂子的茫茫白雪，大老鼠领着小的，深一脚浅一脚，走出细如针线的路。

那时节村里人一半进城过冬，一宅宅院子空在沟里。留下的人喂羊养猪，各扫门前雪，时有亲戚上门，吃喝一顿。

还是有一只老鼠进屋了，把我们住的屋子当成家。它在屋顶的夹层里啃保温板，掉下一堆白色颗粒。在书架上蹿上蹿下，偶尔在某一本书上留下咬痕和尿迹。钻进我写废的宣纸堆，弄出一阵纸的声音，和我白天折宣纸时弄出的声音一样。爬上我插干花的陶瓷酒瓶，不小心翻倒花瓶。还吱吱吱叫。屋里就我和它，如果它不是叫给我听，便是自言自语了。它应该知道屋里有一个人在听它叫，它满屋子走动，用这些响动告诉我这个屋子是它的吗？

最难忍的是它晚上咬炕头的大木头磨牙。大炕用一根直径半米的大木头做炕沿，木头原是人家老房子拆下的横梁，表皮油黄发亮，似乎那家人百年日子的味道，都渗在木头里。炕面是木板，贴墙顶天立地一架书。书架的圆木也是老房子拆下的料。当初用木板一块块地封住炕面时，我就想到了这个空洞的大炕底下，肯定是老鼠的家了。

老鼠不早不晚，等到我睡下，屋子安静了，就开始咬木头，咯吱咯吱的声音响在枕头底下。它在咬炕沿的老木头磨牙。我咳嗽一声，它不理睬。我用拳头砸几下床板，它停住，头一挨枕头它又开始咬。我在它咬木头磨牙的声音里睡着，有时半夜醒来，听见它在地上走，脚步声轻一下重一下。

我从厨房带两个土豆过来，在炉子里烧一个吃了。第二天，剩下的那个土豆不见了。一个拳头大的土豆,它怎么搬走的,又藏在了哪里。

一次我们离开半个月,它把屋里能吃的都搬走吃了,或藏了起来。客人带来的两包小袋装的鹰嘴豆,它从一个角上咬烂外包装袋,把小袋装鹰嘴豆全搬空。我在炕边的洞口处,看见一堆吃空的小塑料袋。它可能真的饿坏了,我放在书架上作为插花的一大束麦子,全被它掐了穗头。连插在花瓶的一大把干野花都没放过,有籽的花秆都咬断。一篮子苹果吃得一个不剩。留下过年吃的一个大甜瓜,被它从一头咬开一个洞,又从另一端开洞出去。我侧头看它咬穿的甜瓜里面,散扔着瓜子皮,瓜瓤依然新鲜黄亮,本来留着自己吃的甜瓜,让这只老鼠品尝了。

厨师王嫂说,他们家灭老鼠,一是投药,二是放夹牢,三是布电线。

我们院子不投药,有猫有鸡有狗。况且,凡是跟药沾边的我们都不用,村里人打农药、除草剂、上化肥,我们全不用。

夹牢买来一个,铁丝编的方笼子,诱饵挂里面,老鼠触动诱饵,出口会啪地关住。当晚在诱饵钩上挂了半个香梨,老鼠爱吃香梨,上次回家留在书房的半箱子梨都让老鼠吃了。结果老鼠果真进了笼子,咬梨吃,触动机关,铁笼子啪地关住。我们睡着了没听见笼子关闭的声音。可能没关死,老鼠硬是挤一个缝逃了,把几缕灰色的鼠毛挂在铁丝上。接下来的几天几夜,诱饵依旧是香梨,夜里老鼠依旧在床板下啃木头磨牙，就是再也不进笼子了。

我想菜籽沟的老鼠被各种各样的夹牢灭了几十年，早认下这个东西，知道它的厉害了。为了迷糊老鼠，我把那个黑铁丝笼子拿白纸包住，诱饵放在里面，老鼠记住的也许是那个黑色的方笼子，现在笼子变成白色的，它就不觉得危险。

可是，老鼠不上当。

我把夹牢移到隔壁房子，想这只老鼠没夹住不进笼子了，别的老鼠会进。结果呢，换了几个房子，还在常有老鼠偷出没的鸡圈放了几天，笼子里做诱饵的香梨都干了，没一只老鼠上钩，好像书院所有的老鼠都知道这是夹老鼠的夹牢，都绕着走了。

夹牢没用，五十块钱买来电灭鼠器，一个简易的盒子，我研究半天没敢用。那个电灭鼠器太玄乎，它直接将铁丝接上电源，拉在地面十公分高处，铁丝上吊诱饵，老鼠看到诱饵会立起身去吃，或将前爪搭到铁丝上，只要一挨铁丝，立即电死。

我问王嫂，他们家的电灭鼠器打死的老鼠多吗。

打死好几个。王嫂说。就是操心得很，人不小心挨上也会被电死。

我们没有别的办法，只好堵住墙根能看见的所有朝外的洞，不让其他老鼠再进屋。这只自然也跑不出去。我只忍受一只老鼠闹腾。我想，老鼠的寿命也就两三年，这只老鼠有两岁了吧，我会等它老死。去年冬天它啃木头的声音好像更有劲，我们忍过来了。春天正在临近，夜晚屋子里没以前冷了，它啃木头的声音也变得迟钝。随着它进入老年，也许会越来越安静，不去啃木头磨牙，它的牙也许在开春前就会全掉了。它会不会变得老眼昏花，分不清白天黑夜，会不会糊涂得再不躲避人，步履蹒跚在地上走。如果它真的那样，我们怎么办？我是说，如果那只老了的老鼠，真的再不惧怕我们，跑到眼前，我们该如何下手去灭了它。

这真是件麻烦的事情。

在它老死之前，我们和它共居一室的日子，好像仍然没有边儿。我已经习惯了它咀嚼木头的声音，习惯了它留下的一屋子老鼠味儿。每次回到书院，金子都先打开所有门窗，把老鼠味道放出去。我甚至在夜里听不见它磨牙的声音了，是它不再磨牙，还是我的耳朵聋了再听不见。要说衰老，或许我熬不过一只老鼠呢。在它咯吱磨牙的夜晚我的牙齿在松动，我的瞌睡越来越多，我在难以醒来的梦中长出更多皱纹。还有，在我逐渐失聪的耳朵里，这个村庄的声音在悄悄走远，包括一只老鼠的烦人响动。

终于，我们和一只老鼠一起熬到春天，院子里的厚厚积雪已经融化，冬天完全撤走了，把去年的果园、菜地、林间小路都还给我们。金子打开前后门窗，在明媚的阳光里，要把一冬天的阴气和老鼠味道全放出去。

这时，我看见那只和我们折腾了两个冬天少有谋面的大老鼠，摇摇晃晃走出来了。它迟钝地迈着步子，往敞开门的光线里走。

我喊金子，喊方如泉，喊王嫂，喊烧锅炉的老爷子。

大家全围过来，看着一只大灰老鼠，颤巍巍走出门，它显然不是因为害怕而颤抖，它老了。它费劲地翻过门槛，下台阶时摔了一跤，缓慢爬起来，走到春天暖暖的太阳光里。它可是一个冬天都没见到太阳，好像晕了，朝我脚边跌撞过来，我赶紧躲开。我被它的老态吓住了。在我们讨论着要不要打死它的说话声里，它不慌不忙，朝有鸟叫和水声的院墙边走去。它或许记得两年前走进这个院子的路，那里有一个排水洞，通到院墙外的小河沟，翻过河沟，过马路上坡，就是年年人种老鼠收的旱地麦田，那是它过夏天和秋天的最好地方了。

一个人回来

我突然出现在村子中间的马路上,晕晕乎乎,仿佛我一直在这条路上来来回回走了多少年,这一刻突然看见一个长大的、正在老掉的自己,站在马路上,一副茫然样子。

村子少了许多东西,光秃秃的,有点不太像黄沙梁。天空也像少了许多东西,空空荡荡。我顺着马路一边往北走,走过一院拆掉的破房子,站下来看了看,是孟照家的房子,不知他们搬哪去了。太阳就要落地了,还有半房高。这时的太阳就像与我年龄相仿的一个人,面对面站着,手伸过去,能和平射过来的夕阳亲热相握。许多年前我握住过这里的缕缕阳光。我知道每天的太阳,从哪几株芦草间升起,又从哪一棵榆树旁落下去。

空气中黄黄的满是尘土。

一个人早年跺起的尘土,在他回来时开始慢慢往下落,落在脚下和身上。没碰见一条狗,也没听见狗叫,也没有人喊人的声音,仿佛一天突然停住。我觉得头有点重,头上像落了许多土。

应该有一个东西出来迎迎我。哪怕一只鸡、一头驴。可是没有。只有尘土慢慢往下落。太阳落在村外荒野，像一张远走他乡的脸蓦然回转。我被它望得有些伤感。在这样一个黄昏里，我想一个人回来，和一粒尘土落下，是一样大小的事情。

我记得这条路一直穿过村子通到北边的荒野里。马路将村子分成大致对称的两长溜子，站在沙梁上看黄沙梁村像一只展开双翅的鸟，随时都可能飞掉。那时候我夜夜梦见自己在村子上空飞。我知道村里的许多人会在梦里飞。我在空中经常遇见他们，脸朝下，叉着腿，脚上穿着布鞋。能看清鞋底的泥巴和土。看见磨烂的鞋帮、从鞋尖破洞里露出的大拇指。

一到晚上夜空就显得拥挤，地上稀疏地摆着些房子。我们飞起时从没把房子驮到天上去。在天上我们没有房子，所以飞来飞去都回落到村庄里。我知道房子有时在它自己的梦中飞往别处，一样没带上我们。那时一村人在睡梦中，房子飘然而去。一户一户的人，裸躺在地上，星光洒在脸上。他们中间的一个人，突然醒来，站起身，惊讶地望着没有一间房子的黄沙梁。

后来一些新来的人家在沙沟沿盖了一溜矮房子，村子的模样便变成一把镰刀状。路依旧直穿过村子，不知村里人会不会在梦中飞了。我依旧夜夜盘飞在星空，底下是一片一片的荒芜田地。

谁家的牛圈盖在了路上,把路挤弯了。圈墙是新垒的,又高又显眼。看不见里面的牲口,圈棚很大,伸出墙头的椽子还白生生的,没经过多少日晒雨淋。绕过圈棚这段路也没踏瓷实,满是浮土。我花了好几分钟,才绕过去,一拐过墙角,一条向北的村道出现在眼前,一下我全认出来了——这就是在我梦中出现过多少次的那条村路。事隔二十年,我依旧能指出路两旁每户人家的房子,说出他们每个人的样子。我的整个少年、青年时代就是在这里度过的。

小冉的摩托车把我扔到村子里便回去了,他说过两天来接我,我不清楚过两天到底是几天,待要问时,路上只剩下一溜子尘土。

我的头有点晕。中午在老沙湾棉加厂喝了不少酒。小冉是棉加厂会计,他和厂长曾孝义招待了我。吃的是这一带有名的大盘鸡、大盘鱼。

小饭馆孤零零地立在棉加厂院外的盐碱滩上,也没个店名,饭厅是一小间矮土房子,人进去头离房顶不足半尺,黑油油的碱蒿子围在四周。五年前,曾孝义和他的同乡们在这片荒滩上建起了棉花加工厂。他是这一带有名的"一把手",他的一只手建厂时喂机器了。他用剩下的一只左手和我握手,用左手吃菜、划拳、端酒杯,似乎绰绰有余。

在我三十岁左右的十几年里,老沙湾是我去得最多的一个地方。每次我走到这里都会不由自主地停住,再不朝前走一步。我的好几个朋友住在这个村庄里。我经常骑摩托车跑几十公里路到老沙湾喝酒,一喝一整天，晚上晕晕乎乎睡过去，第二天醒了接着再喝。

每次喝了酒我都要爬到村子北边的沙梁上，远远地望一阵黄沙梁。从这道沙梁上能隐约看见荒野那边的黄沙梁村，那一片矮矮的跟草一般高的土房子，只露出点房顶。天气好时能看见村子上头冒几缕炊烟，像几根枯草似的，弱弱地摇一阵又不见了。看见炊烟我便放心了。说明黄沙梁还在喘气。一个村庄要是很久不冒一股烟，就有可能死掉了。

我见过几个已经死掉的村庄，啥也没有了，只剩几堵断墙，被风吹得光溜溜，像骨头似的。在一个断墙上还立着一截烟囱，从远处看就像墙上站着一个人。我在这堵墙边站了一阵，墙上的烟道还好好的。我想点一把火，让这个烟囱再冒一股子烟，转了一圈，连一把干草都找不见。啥也没有了。这个死掉的村子在黄沙梁西边的荒野里。没人知道它叫什么名字。在黄沙梁时我经常梦见那地方，我被人追着追着一下飞起来，有时落到那些断墙上。地上全是月光，厚厚的像一层一层的锈，我跳下去，月光能没到腰部。有时那地方出现一大片房子，一间连一间，我无意中迈脚进去，推开一扇门，再推开一扇门，越走越深，越走越害怕，我想逃出去飞掉，一伸手臂就碰到房顶。房顶上木头纵横交错，像树根一样。

我们正喝着酒，进来一群浑身沾满棉花的人。小饭店没有窗户，他们一个接一个进来时，像风中的门一开一合，小饭馆里一下一下地黑了七八次。他们围着旁边的一张桌子坐下，要了一盘鸡，两瓶沙湾特曲。

今年棉花卖得咋样？曾孝义和那些人很熟悉地打着招呼。

嗯，行哩。比去年要好一些。

钱拿上没有？

拿上了。

那就好好喝一场再回去。

我低着头听他们说话。那些人全盯着我看。

你是刘二吧？其中一个声音不大地说了一句。

我是陈三元，住在你们家房后面。我一进门就认出你了，大模样没变，就是头发掉了些。

他笑嘻嘻地望着我，那样子就像找到了他们丢失多年的家畜。我不敢否认，只好老老实实承认。端酒过去挨个跟他们碰了一杯，随口问了几句村子里的事。

他们全是黄沙梁人。一进门我就认出了他们，只是忘了名字，不知该怎么称呼。以前我知道黄沙梁所有东西的名字，我能一个一个地叫出它们。我还给许多没有名字的东西起名字，自己一个人叫，也不管它们是否答应。后来我几乎忘记了所有东西的名字。出现在记忆中的只是那些事物本身，活生生的，我把它们的名字丢掉了，却异乎寻常地更熟悉和认识它们。那时候，我还不懂得说出没有名字的东西，它们只是我一个人的。

刘二，跟我们回去看看吧。你都二十来年没回过黄沙梁了。搬走了也是你的老家嘛。

你爹早些年还经常赶马车去。

你大哥也经常去。

那些黄沙梁人吃饱喝足了临走时又对我说。

你们家房子都让冯三住坏了。门楼去年秋天让猪拱倒了。房子就剩下一间，另两间早几年就塌掉了。

他们无意间的这几句话让我心里猛地一紧。酒全涌到了头上。

小冉，你送我到黄沙梁。我要去看看我们家房子。那些人走了之后，我再没兴致喝酒，身体的某个地方突然不行了，像一堵墙倒塌下来。

远路上的新疆饭

一

有一年，我们开车去阿勒泰，从天山脚下的乌鲁木齐出发，穿过茫茫准噶尔盆地，往天边隐约的阿尔泰山行进。原打算在黄沙梁吃午饭，那里的路边有几家卖拌面和大盘鸡的野店。所谓野店，就是前后不着村，饭馆的矮房子淹没在路边野草中，四周是沙梁起伏的荒漠。那时这条穿越荒野的道路旁人烟少，饭馆更少，南来北往的人，行到这里早都饿了，都会停车吃饭。我们却没饿，行车到半中午时，见路边一片瓜地，便沿便道开车到瓜地边，想买个西瓜解渴，一地西瓜明晃晃熟在地里，却找不到看瓜人，没办法买，只好自己摘了吃，吃饱了在瓜皮下压了一块钱，算是付费。这顿西瓜把我们的午饭耽搁了，到黄沙梁的野店时，都饱着，就说再往前赶，结果一直赶到了黄昏，车里人饥肠辘辘，这时候的大漠落日，就像挂在天边永远吃不到嘴的圆馕。司机说，这段路上再不会有饭馆，也不会有西瓜地。我们穿过沙漠腹地已经到了更加干旱荒凉的阿尔泰山山前的戈壁。

这时，荒无人烟的路边突然冒出一间矮土房子，土墙上歪歪扭扭写着"沙湾大盘鸡"。赶紧刹车拐进去，车停在院子。所谓院子，就是土屋前一小片修整平坦的戈壁，和屋旁辽阔起伏的戈壁滩连在一起。店里只一张桌子，七八个板凳。女店主的表情也跟戈壁滩一样漠然，不冷不热地说一句"你来了"，那语气像是认得你。你似乎也觉得认识她，只是记不起来。她提着大茶壶，给每人倒一碗茶，那茶仿佛泡了一天，跟外面的黄昏一般浓酽。

忐忑地要了一个大盘鸡，问多久炒好。说快得很，一阵阵。果然喝几碗茶工夫，做好的大盘鸡端上来了。那盘子占了大半个桌子，鸡块、土豆块、辣子满满堆了一大盘。四双筷子齐刷刷伸过去，没人说一句话，嘴全忙着啃鸡，忙着吃里面的皮带面。太阳什么时候落山的都不知道，小店里渐渐暗下来时，我们才从贪吃中抬起头来，彼此看看，谁学着女店主的腔冷冷地说了句"你来了"，大家都笑起来。

我全忘了坐在一桌的人是谁，我们因什么事踏上了去阿勒泰的这趟旅行，只记得吃着大盘鸡的瞬间，我侧脸看着窗外荒天野地里的彤红晚霞，地平线清晰地勾勒出大地的边沿，那是我在千里之外的小县城，时常看见的天边，我们开车跑了一整天，她还是那么远。仿佛比我在别处看见的更远。那一刻，一顿荒远的晚饭，就这样长久地留在了回味里。

多年后再走那条路，有意把时间磨到黄昏，想再坐在那小店的窗口,吃着大盘鸡看荒野落日。想再听那恍惚的一句"你来了",沿路经过一个又一个路边饭店,一直把天走黑,那土房子再找不见。

二

大盘鸡是我家乡沙湾发明的一道大菜,说是菜,其实也是饭。新疆饮食大多饭菜不分,拌面、抓饭、手抓肉都是饭里有菜,菜饭合一。大盘鸡也一样,主菜鸡,配料辣子、洋芋、葱姜蒜,外加特制皮带面,搅拌在一起,结实耐饿,适合在路途中吃,也方便在偏远路边店炒制,剁一只鸡,配一把辣皮子,一只铁锅便能炒制出来。

大盘鸡发明那些年,我在沙湾城郊乡农机站当管理员,常被拖拉机驾驶员拽去吃大盘鸡。那些跑远路的司机,吃遍天山南北,还是觉得大盘鸡好吃。好在哪,可能就是盘子大,可以放开吃。不像那些小碟子小碗的吃法,都不好意思下筷子。那时大小酒桌上的主菜都是大盘鸡。一大盘子鸡肉摆在面前,红辣皮子青辣椒,白葱绿芹黄土豆,满满当当堆一盘,能让人胃口大开,平添大吃大喝的豪气来。

沙湾大盘鸡在20世纪90年代沿公路传到全疆各地。

到现在,好吃的大盘鸡都在路上。后来大盘鸡传到城郊僻街陋巷,生意依旧红火。城里人纷纷开车来吃,城郊乱糟糟的环境能和大盘鸡相匹配。再后来大盘鸡进了城,乌鲁木齐繁华区开过许多大盘鸡店,没多久都倒闭了。不是城市厨师手艺不好,大盘鸡本是一道乡间野路子大菜，在乡村饭馆和路边的简陋餐桌上，它一盘独大，其他菜都围着它转。到了城里的大餐桌上，七碟子八碗，大盘鸡失去了霸主位置，自然就寡味了。

有几年我们在和丰做工程，常走呼克公路，早晨从乌鲁木齐出发，到黄沙梁那一片刚好中午，在路边沙包下的饭馆吃大盘鸡。那几家店我们轮换着吃过，味道都差不多，好不到哪里，只是那个环境，太适合吃大盘鸡了，屋外摆着永远擦不干净也支不稳当的圆桌，除了路，四周是沙漠荒野。有时刮起风，空气中呼呼啦啦地响，一阵沙尘草叶扬过来，大盘里的鸡肉也随之味道丰富起来。

我有一个亲戚，就在黄沙梁北边的沙漠里，开荒种了几千亩地，说了几次让我去他的农场玩。一次我路过黄沙梁，突然想去看看这个当地主的亲戚，打手机接不通，没信号，便驱车往沙漠里开。在岔路纵横的荒漠中凭感觉行驶了三个小时，最终盯着远远的一缕炊烟来到亲戚家的农场。那缕冒着炊烟的矮房子，坐落在一眼望不到边的棉花地边，女主人正在做午饭，见我来了，赶紧让小儿子骑摩托车去喊他父亲。

不一会儿，带着一身农药味的男主人回来了，说在开机子打农药。我说，耽误你干活了。亲戚说，让虫子多活半天吧，没事。说着扭头吩咐女人剁鸡，只听房后一阵鸡叫和扑腾声。又过了一阵子，一大盘鸡便做好端上来。男主人从床底下摸出两瓶沙湾苦瓜酒，我们边吃边喝边聊着棉花收成的事，五个男人，一会儿就把一瓶子酒喝光，第二瓶喝到一半时，主人喊小儿子去买酒，我说喝好了，还要赶路呢。小儿子不听我的，一脚油门，摩托车扬尘远去。

那半瓶酒喝完时，太阳已经西斜到棉花地里。主人看着空了的瓶子，不好意思地说酒很快买来了。我说不能再喝了，还要赶路。男主人说，你来了就不要想走。我说真的有事要走。主人说，你要再说走，我就开挖掘机去把路挖断。

天色黄昏时，听见摩托车声，小儿子抱来一箱子苦瓜酒。我问去哪买的酒，说公路边的小商店，来回一百多公里。我们等了三四个小时，先前喝上头的酒劲都过去了，主人又吩咐剁鸡炒菜重新喝。我看天色已晚，哪都去不了了，只好任凭主人安排。

第二轮酒是在月亮底下喝开的，酒桌摆在沙地上，白天的闷热过去了，凉风从西边徐徐吹来，月光下轮廓清晰的沙丘像在晃动，月亮也在天上晃动。不知何时，同来的三个人早已躺在沙地上睡着了，司机也在敞开的车门里呼呼大睡，剩下我和亲戚举杯对饮。

荒漠之中，明月之下，两个喝高了的人，嗓音高低不平地说着明早肯定会忘记的滔滔大话，那话随月亮升高，又随沙丘起落。

我就在那时听见屋后面的鸡叫，先是一只，接着三只五只，远远地，沙漠那边的鸡叫也传过来。我看着盘子里剩了一大半的鸡肉，突然嗓子发痒，我从自己一个接一个的打嗝声里，也听见了鸡叫。

三

在新疆，最方便在野外吃的还有手抓羊肉，一锅水，一只羊，煮熟了吃，做起来比大盘鸡还简单。

一次我们到伊犁军马场去游玩，中午约在山谷里一户哈萨克牧民毡房吃煮羊肉。到了毡房，牧民说羊去后山吃草了，主人骑马去驮羊，结果一去半天。到太阳西斜，羊驮来了。招待我们的人说，羊远得很，山路也不好走。我们看着主人宰羊、剥皮，肉放进石头支起的大铁锅里，松树枝在炉膛慢慢烧着，我们耐心地等。

跟我们一起等待的还有盘旋天空的一群老鹰，鹰早在牧民马背驮羊下山时就盯上了，一直追踪到毡房前，看着羊宰了，煮进锅里，它们等着吃骨头。几只牧羊犬也等着吃骨头。还有远近草原上的牧民，他们看着天空盘旋的老鹰，就知道鹰翅膀下面的毡房煮羊肉了，一匹匹的马儿，驮着主人朝着这边溜达过来。

羊肉煮熟端上来时天已经黑了，堆成小山的一盘肉里，仿佛已经煮入了牧民上山驮羊的时间、羊在山上吃草的时间、鹰在天空盘旋的时间以及我们饥饿等待的时间。

那一餐，我们一直吃到半夜，肉吃了一块又一块，每人面前都堆了一堆羊骨头。酒也喝掉一瓶又一瓶，都没有醉的意思。仿佛我们等了大半天的饥饿，要用大半夜才能吃喝回来。

四

我的朋友刘湘晨说过他最难忘的一顿饭。

那年他在塔什库尔干拍纪录片,要下山买摄像机电池,站在村口等车,等到快中午,路上连个车影子都没有。就在这时,山坡上说说笑笑来了五个姑娘,在路边的平地上支起帐篷,用石头垒起一个炉灶,放上铁锅,便开始架火烧饭。我的朋友不知道姑娘们给谁做饭,也不便过去问,就老老实实坐在路边等。等得快睡着了,过来一个姑娘喊他,让过去吃饭。姑娘说,我们在村里看见你在这里等车,今天不一定会过来车,明天后天也不一定有车过来,我们给你搭了帐篷,做了饭,你住下慢慢等。

我的朋友常年在塔什库尔干拍片子,住在当地的塔吉克族人家,早已领略了塔吉克人的热情好客。但这样的奇遇还是第一次。他感激地吃完姑娘们做的清炖羊肉,正打算在帐篷里住下,远远看见一辆运货的卡车开来。他多么不希望这辆车过来,最好明天后天也不要有车来,他就一直住在路边的帐篷里,每天看着五个姑娘在石头垒的炉灶上给他做饭,晚上躺在帐篷里,望着高原上的星星和月亮,做着美梦,等一辆永远不希望它过来的车。

他可能是塔什库尔干最幸福的路人了。

同样的幸福经历我也遇到过。

那次我们驾车去和布克赛尔蒙古自治县牛石头草原探路,那是一处远离县城的高山湿地夏牧场，没有正规道路，汽车走的都是羊道，羊群踩出的道大坑小坑，要把车颠散架似的。一百多公里的路，走了四个多小时。大中午时，一行人进到一户牧民毡房，男人放羊去了。我们给女主人说，能否给做点吃的，我们付钱。

女主人热情地招呼我们上炕坐下，很麻利地铺上一块白色单子，把烤馕和小油饼放在上面，沏上烧好的奶茶，让我们品尝。然后，女主人架着外面的炉子，开始煮风干牛肉。

我们出去游玩拍照。这里是一片高山湿地牧场，一块块的巨大石头，像卧在草原上的石牛，全头朝西，任由西风吹凿出头、身体和鼻子眼睛。草原上还有两个小湖泊，挨得不远，像两只望向天空的眼睛。我们玩得忘记时间，直到听见女主人站在一块大石头上高喊，声音高高地飘到天上又落在草地的大石头间。

那顿肉我们吃得很仔细，肉被风吹干，再煮熟，还是干硬的，只有小块地咀嚼，肉里有风的悠长干燥，有草从青长到黄的香，有石头的咸，有松枝烧柴的火气。一大盘子牛肉，细嚼慢咽地全吃光了。

临走时问主人需要多少钱。

"不要钱。"蒙古族阿妈说。

同行的朋友掏出五百元钱硬塞给阿妈。阿妈扭不过，就收下了。然后，她俏皮地笑着，一人一张把五百元钱塞给了我们一行五人。

像是塞给她的五个孩子。

五

那年我和一位作家在维吾尔族朋友陪同下,到库车塔里木乡采风。爱说笑话的乡会计开一辆没刹车的破桑塔纳,拉着我们在渠沟纵横的胡杨林里穿行。矮胖敦实的维吾尔族乡书记坐前面,我们同行三人挤在后排。会计用半生不熟的汉语说,你们不要担心我的车没刹车,刹车多得很,胡杨树、沙包、渠沟都是刹车。确实这样,对面过来一辆拖拉机,眼看撞上了,会计一把方向,直接开在路边沙包上,把车刹住了。

晚饭安排在塔里木河边一户农民家,两间房子,孤孤地坐在胡杨林里。我们进屋脱鞋上炕,炕桌上摆着馕和葡萄干,乡书记让我们坐上席,他和会计坐对面。我们喝着奶茶吃着馕,会计打开自己带来的几包油炸大豆和花生米,乡书记从身后摸出一瓶酒,打开自己倒一杯喝了,又倒一杯给我。维吾尔族喝酒是一个杯子轮流转,转一圈,酒瓶子交给我。我先倒一杯自己喝了,再倒一杯给乡书记,就这样一圈圈地转。几包花生米都吃完了,天上星星出来了,我以为就这样一直喝下去了,突然房门打开,主人端着一大盘煮熟的羊肉进来,接着提来水壶,挨个给我们浇水净手。乡书记说,刚宰的羊。书记带我们双手捧起做了祈祷。然后,他从腰上的刀鞘里抽出一把刀子,刃朝自己,刀把递给我。我在盘子中间最大的那块肉上割一块自己吃了,又割一块给乡书记,然后刀子递给会计,他麻利地把肉削成小块递给我们,自己也不时塞一块肉在嘴里。

肉吃好已经是半夜了,我以为该开着没刹车的桑塔纳回乡上睡觉了。可是,乡书记又摸出一瓶酒,说刚才是白喝,没有菜。现在菜来了,正式喝。

这场酒从半夜开始,往深夜里喝。与我同行的作家喝几杯说醉了,一歪身躺炕上睡着了。我们在他的鼾声里一杯杯地喝,他睡一觉突然坐起来,说该走了吧。乡书记见他醒了,拉住硬给他灌一杯酒,他又倒身睡过去。我们就在他睡睡醒醒间,喝了一瓶又一瓶。中间有一阵子,我有点迷糊,喝了几杯又醒过来。醒过来我突然开始说维吾尔语,他们都惊奇地看着我,这个前半夜不会说半句维吾尔语的汉人,后半夜张口就是维吾尔语。我用维吾尔语跟他们说笑,给他们敬酒,他们都能听懂我说什么,我也知道我在说什么。似乎我几十年来听到耳朵里的维吾尔语都被酒激活,涌到了舌头根上。

喝到东方泛白,我出去方便,看见房后胡杨树林下隐隐约约的水光,一大片,我沿林间小路走过去,宽阔的塔里木河出现在眼前。整个一夜,我们就在塔里木河沉静的涛声里喝着酒,却浑然不知。

我从河边回来时,听见了鸡叫。天渐渐亮起来,从水流中能看见亮起来的天色,胡杨树梢上的叶子也有了亮光。我回到屋里,见他们已经横七竖八躺了一炕,全睡着了,打着呼。那个使劲劝我喝酒的乡会计,还说了两句维吾尔语的梦话,听不清。男主人打着哈欠进来,低声对我说了句话,我听不懂,想回一句,嘴张开,说了半夜的维吾尔语竟半句都找不见。我不好意思地对他笑笑，然后，挤到炕角上和他们一起睡着了。

六

好多年前，我和回族画家张永和在老奇台镇采风，中午坐在路边小饭馆门前吃拌面。过来三驾马车，车上堆着空麻袋，显然刚卖了麦子。赶车人把马拴在门口的杨树上，一伙人吵吵嚷嚷在门口的大桌子坐下，我以为他们要大喝一场，粮卖了，人人口袋里装着钱。

可是，他们什么都没要。

其中一个人往里面高喊："老板，来碗面汤，馍馍自带。"

他们从随身布袋里拿出馍馍，每人拿出的都不一样，有白面的、苞谷面的，有花卷、有馒头，摆在桌子上。老板从后堂抱来一摞子大瓷碗，一人跟前摆一个，拿大水勺挨个地加满冒热气的面汤。

"谢谢啦，老板。"其中一个说。

"喝完了再加。"老板说。

他们用面汤泡馍馍很快吃完了，我和永和吃过拌面，喝着面汤看他们赶马车上路。

问老板他们咋喝个面汤就走了。老板说："今年天灾，粮食收得少，农民都舍不得吃拌面，就要一碗面汤对付了。"

"不过，他们收成好的时候会过来好好吃一顿。"老板又说。

面汤是新疆最暖人的汤,不要钱。吃完拌面,最舒服的就是喝碗面汤了,汤里全是面的味道,略咸,喝一口下去,面汤烫烫地穿过刚入胃的拉面,那些香味又被勾回来。

有一个笑话,店小二给老板说:"一食客吃完拌面没付钱走了。"老板问:"喝面汤没?"小二说:"没喝。"老板说:"那就没事。"过了会儿,果然食客急匆匆回来,让老板上碗面汤。

我在沙湾金沟河乡农机站工作那两年,每天中午到乌伊公路边的饭馆吃拌面,一次一位种棉花的农民坐在对面,和我一样要了拌面,菜和面端上来时,他先把一小半菜拌在面里,很快吃完,喊一声"老板,加面"。剩下的菜分一半到新加的面里,吃完再喊一声"老板加面"。待面上来,把其余的菜全拌进去,菜盘子拿面擦干净,呼噜呼噜吃了,又喊一声"老板,面汤"。

我被他的吃法感染,也喊了声"老板,加面",面加了却没吃完。

听老板说,附近种地的农民,天刚亮下地,中午没工夫回家做饭,就到饭馆结结实实吃一顿拌面,然后干到天黑才回家。那一份拌面,要把上半天耗尽的力气补回来,还要撑到天黑。出那么大劲,加几个面都不够的。

路边饭馆的常客多是跑长途的司机,这顿吃了,下顿在千里之外。拌面是最能扛饿的,饭量大的加两三份面,再喝一两碗面汤,弓腰进来,挺着肚子出去。吃拌面的人,吃到加面才是最香的,加面不要钱,最后那碗面汤也不要钱。这是新疆饭的厚道,管吃饱喝好。

进到新疆的大小饭馆，主人先倒一碗烫茶，再问你吃啥。茶水也是免费的。一个不产茶的地方，竟然免费给客人喝茶。

那几年我常坐在路边饭馆喝茶，道路坑坑洼洼，汽车远去后，扬起的尘土缓缓落下来，像岁月一样，落在身上头上，我不管不顾地坐着。那时我年轻迷茫，看着远去的汽车会莫名伤感，仿佛什么被带走了，让我变得空空荡荡，又满眼惆怅。

多少年后我还喜欢在路边的小饭店吃饭，望着往来车辆，想找到年轻时的那份忧伤。我二十多岁时，在尘土飞扬的路边，想望见四十岁五十岁的自己，到底走到了哪里。如今我年近六十岁，知道已走在人生的远路上，此时回头，看见二十岁的自己还在那里，我在他远远的注视里，没有迷路，没有走失。

天空的大坡

一只一只的鹞鹰到达村子。

它们从天边飞来时,地上缓缓掠过翅膀的影子。在田野放牧做活的人,看见一个个黑影在地上移动,狗狂吠着追咬。有一些年,人很少往天上看,地上的活儿把人忙晕了。

等到人有工夫注意天上时,不断到来的翅膀已经遮住阳光。树上、墙上、烟囱上,鹰一只挨一只站着,眼睛盯着每户人家的房子,盯着每个人。

人有些慌了。村庄从来没接待过这么多鹞鹰,树枝都不够用了。鹰在每个墙头每棵树枝上留下爪印。

鹰飞走后那些压弯的树枝弹起来,翅膀一样朝天空煽动。树干嘎巴巴响。

树仿佛从那一刻起开始朝天上飞翔。它的根,朝黑黑的大地深处飞翔。

人们只看见树叶一年年地飞走。一年又一年,叶子到达远方。鹰可能是人没见过的一棵远方大树上的叶子。展开翅膀的树回来。永远回来。没飘走的叶子在树荫下的黑土中越落越深,到达自己的根。

鹰从高远天空往下飞时,人们看见了天空的大坡。

原来我们住在一座天空的大坡下。那些从高空滑落的翅膀留下一条路。

鹰到达村子时,贴着人头顶飞过。鹰落在自己柔软的影子上,鹰爪从不沾地。鹰在天上飞翔时,影子一直在地上替它找落脚处。

刘二爷说,人在地上行走时,有一个影子也在高远天空的深处移动。在那里,我们的影子看见的,是一具茫茫虚土中飘浮的劳碌身体,它一直在那里替他寻找归宿。我们被尘土中的事物拖累的头,很少能仰起来,看见它。

我们在一座天空的大坡下,停住。盖房子,生儿育女。

我们的羊永远啃不到那个坡上的青草。在被它踩虚又踏实的土里,羊看见草根深处的自己。

我们的粮食在地尽头,朝天汹涌而去。

那些粮食的影子,在天空中一茬茬地被我们的影子收割。

我们的魂最终飞到天上自己的光影中。在那里,一切早已安置停当。

鹰飞过村庄后,没有留下一片羽毛,连一点儿鸟粪都没留下。仿佛一个梦。人们望着空荡荡的村庄，似乎飞走的不是鹰而是自己。

从那时起村里人开始注意天空。地上的事变得不太重要了。一群远去的鹞鹰把翅膀的影子留在了人的眼睛中。留下一座天空的大坡，渐渐地，我们能看见那座坡上的粮食和花朵。

刘二爷说，可能鹰在漫长的梦游中看见了我们的村庄，看见可以落脚的树枝和墙，看见人在尘土中扑打四肢的模样，跟它们折断了翅膀一样。

他们啥时候才能飞走啊。鹰着急地想。

可能像人老梦见自己在天上飞，鹰梦见的或许总是奔跑在地上的自己，笨拙、无力，带钩的双爪沾满泥，羽毛落满草叶尘土。

这说明，我们的村庄不仅在虚土梁上，还在一群鹞鹰的梦中。

每个村庄都由它本身和上下两个村庄组成。上面的村庄在人和经过它的一群鸟的梦中。人最终带走的是一座梦中的村庄。

下面的村庄在土中，村庄被埋葬前地下的村庄就存在了。它像一个影子在深土中静候。我们在另一些梦中看见村庄在土中的景象：一间连一间，没有尽头的房子。黑暗洞穴。它在地下的日子，远长于在地上的日子。它在天上的时光，将取决于人的梦和愿望。

到村庄真正被埋葬后，天上的村庄落到地上，梦降落到地上。那时地上的一棵草半片瓦都会让我们无限念想。

我看见这个地方的生命也分三层。上层是鸟，中层人和牲畜，下层是蚂蚁和老鼠。三个层面的生命在有月光的夜晚汇聚到中层：鸟落地，老鼠出洞，牲畜和人卧躺在地。这时在最上一层的天空飞翔的是人的梦。人在梦中飘飞到最上层，死后葬入最下一层，墓穴和蚂蚁老鼠的洞穴为邻。鸟死后坠落中层。蚂蚁和老鼠死后被同类拖拉出洞，在太阳下晒干，随风卷刮到上层的天空。在老鼠的梦中整个世界是一个大老鼠洞，牲畜和人，全是给它耕种粮食的长工。在鸟的梦中最下一层的大地是一片可以飞进去自由翱翔的无垠天空。鸟在梦中一直地往下落，穿过密密麻麻的树根，穿过纵横交错的地下河流，穿过黑云般的煤层和红云般的岩石。永远没有尽头。

第三辑 留住一个村庄

我挡住了什么

又刮起了风,天空什么都没有。这片大地早已经被风搜刮干净,只剩下土。那些残墙上的土,一点一点地被风抠下来,刮走,让我看着心疼。我知道我无法阻止——许多年前我把房后面的一棵榆树移到屋前面,把纷涌向西的一群羊迎头拦住,赶向东边河湾的草滩时,我以为我能改变许多东西,能阻挡住那些事物的流散与消逝。

我确实曾经阻挡住了什么。至少,我止住了我的心,让它永远留在这个村庄里。我止住了我日渐淡忘的记忆——我不能留住的,我扔在风里。这个世界无法留存的,我存放在心中。我不管别的。我心中只存放一个村庄,完完整整,那些牲畜、人、草木、阳光雨水和脚印,连夕阳下弥漫的尘土都一粒不少。

我走过院子,站在以前院门的豁口处时,吹到身上的风突然猛烈了,风扯我的衣服,往后扭我的头,发着狂要把我推开——许多年前的那些深夜里,风就是这样在推刮那两扇院门。它们支撑不住了,猛地敞开，风呼啸着灌进院子，踢翻地上的筐，扯走绳子上的衣服，一把一把撕垛上的干草往天上扔……院门拼命扇动、啪啪直响，像个吓傻的人乱挥着双手大声喊叫：风进院子啦！风进院子啦！

我们在梦中迷迷糊糊听到喊声。"院子里有响动。"三弟拿脚蹬醒我。我推醒大哥。大哥压低嗓子喊父亲。

母亲醒来了，正摸火柴点灯。

多少年后我知道那扇风中的院门承受了什么。现在，几乎所有的院子不复存在，院门消失。村庄大敞在旷野。只有不多的一些旧土墙仍在阻挡和挽留着什么。

我想再看一眼这个村子。我真的该离开了。村里已经没有我的事情。他们一车一车往家里收东西，拉过去一车苞谷棒子，运过去一车草，再拉过去一车苞谷杆。我站在路边上，闲甩着手。

他们见了我总要拉一把牛缰绳，车停下来跟我说几句闲话。有时牛不愿意停，一甩头，走过去几丈远才慢腾腾停下。

"到房子里去嘛。"他们对我喊。

"不了。我没事。快忙你的吧。"我说。

"也没啥忙的。就一点点粮食。"他们说着车又开始走动了。

我让他们的收获迟缓了一会儿。我轻脚慢踏地走过村庄走向那片田地时，还是惊动了他们。他们停住摘棉花的手、掰苞谷的手、割草平埂子的手，目光迟疑地望着我——秋天在这一刻慢了下来，像一辆车缓缓停住,其他地方的秋天如期运行,为同样一点点粮食,那里的人们忙个不停。只有在黄沙梁,这车装得满满的玉米棒子会晚几步走进院子。那几朵雪白的棉花在人手边多开放了一会儿。剩在地里的半车棒子会多等一阵子,或许会留在地里过夜。

我一个人站在路边,就让一个村庄的秋收稍稍推迟。

那时候,许许多多的树木站在村里村外,许许多多的墙和门,许许多多的人和牲畜们,它们延迟了什么,让早该发生的哪些事情,迟迟没有发生。

每一场风后,看那些偎在墙根院角没有刮跑的土、草叶、布条、虫子和鸡,我就知道村庄留住的比这更多。

而我,只留住了一个村庄。

我五岁的早晨

五岁的早晨

  我五岁时的早晨,听见村庄里的开门声,我睁开眼睛,看见好多人的脚,马腿,还有车轱辘,在路上动。他们又要出远门。车轮和马蹄声,朝四面八方移动,踩起的尘土朝天上飞扬,我在那时看见两种东西在远去。一个朝天上,一个朝远处。我看一眼路,又看天空。后来,他们走远后,飘到天上的尘土慢慢往回落,一粒一粒地落。天空变得干干净净。但我总觉得有一两粒尘土没有落下来,在云朵上,孤独地睁开眼睛,看着虚土梁上的村子。再后来,可能多少年以后,走远的人开始回来,尘土又一次扬起来。那时我依旧是个孩子,我站在村头,看那些出远门的人回来,我在他们中间没看见我,一个叫刘二的人。

  我在五岁的早晨,突然睁开眼睛。仿佛那以前,我的眼睛一直闭着,我在自己不知道的生活里,活到五岁。然后看见一个早晨。一直不向中午移动的早晨。看见地上的脚印,人的脚和马腿。村子一片喧哗,有本事的人都在赶车出远门。我在那时看见自己坐在一辆马车上,瘦瘦小小,歪着头,脸朝后看着村子,看着一棵沙枣树下的家,五口人,父亲在路上,母亲站在门口喊叫。我的记忆在那个早晨,亮了一下。我记住我那时候的模样,那时的声音和梦。然后我又什么都看不见。

我是被村庄里的开门声唤醒的。这座沉睡的村庄,可能只有一个早晨,剩下的全是被别人过掉的夜晚和黄昏。有的人被鸡叫醒,有的人被狗叫醒。醒来的方式不一样,生活和命运也不一样。被马叫醒的人,在远路上,跑顺风买卖,多少年不知道回来。被驴叫醒的人注定是闲锤子,一辈子没有正经事。而被鸡叫醒的人,起早贪黑,忙死忙活,过着自己不知道的日子。虚土庄的多数人被鸡叫醒,鸡一般叫两遍,就不管了。剩下没醒的人就由狗呀、驴呀、猪呀去叫。苍蝇蚊子也叫醒人,人在梦中的喊声也能叫醒自己。被狗叫醒的人都是狗命,这种人对周围动静天生担心,狗一叫就惊醒。醒来就警觉地张望,侧耳细听。村庄光有狗不行,得有几个狗一叫就惊醒的人,白天狗一叫就跑过去看个究竟的人。最没出息是被蚊子吵醒的人,听说梦的入口是喇叭形,蚊子的叫声传进去就变成牛吼,人以为外面发生了啥大事情,醒来听见一只蚊子在耳边叫。

被开门唤醒的,可能就我一个人。

那个早晨,我从连成一片的开门声中,认出每扇门的声音。在我没睁开眼睛前,仿佛已经认识了这个村子。我从早晨的开门声中,清晰地辨认出每户人家的位置,从最南头到北头,每家的开门声都不一样，它们一一打开时，村子的形状被声音描述出来，和我以后看见的大不一样，它更高、更大，也更加暗哑。越往后，早晨的开门声一年年的小了、柔和了，听上去仿佛村庄一年年走远，变得悄无声息，门和框再不磨出声音，我再不被唤醒。我在沉睡中感到自己越走越远。我五岁的早晨，看见自己跟着那些四十岁上下的人，去了我不知道的远处。当我回来过我的童年时，村子早已空空荡荡，所有门窗被风刮开，开门声像尘土落下飘起，没有声音。

一个人要死

他们没打算在虚土梁上落脚。

一种说法是，梁上的虚土把人陷住了。要没有这片虚土梁，还能朝前走一截子。但也走不了多远。人确实没力气了，走到这里时，一脚踩进虚土，就不想再拔出来。

另一种说法是，因为有一个人要死，一个人要出生，人们不得不停下来。原打算随便盖几间房子住下来，等这个人死了，埋掉，出生的孩子会走路了，再继续前行，找更好的地方安家。其间种几茬粮食，土梁下到处是肥沃的荒地，还有一条河。河的名字好几年后才知道，叫玛纳斯河，是从河上游来的买卖人说出来的。当时他们没敢给河起名字，就直接叫河。这么大的河，一定有名字，名字一般在上游，上游叫什么名字，下游就跟着叫。就像一个人，他的头叫刘二，不能把腿叫成冯七。虚土梁的名字是他们自己起的,梁上的虚土陷住脚的那一刻,这个名字就被人叫出来。后来有了房子,又叫虚土庄。再后来梁上的虚土被人和牲口踩瓷实,名字却没办法被踩瓷实。村子里的生活一年年地变虚,比虚土更深地陷住人。

说要死的人是冯大。我听说本来头一年人们就准备好来新疆了,硬被冯大挡住。冯大说,我眼看要死了,你们等我死了,把我埋掉再走行不行?你们总不能把一个快死的人扔下不管吧?

冯大的死把人吓住了。

人们等了一年,冯大没死掉,饥荒却在夺其他人的命。几千年的老村庄,本来坟已经埋到墙根儿,现在又添些死人,院子里都开始埋人了。那场饥饿,就不说了,谁都知道。到处是饿睡着的人,路上、墙根儿、草垛,好多人一躺倒再睁不开眼睛,留给村庄的只有一场一场别人不知道的梦。人们再也等不及,就带着这个快死的人上路了。

在老一辈留下的话中,冯大在走新疆路上说的话,以后多少年还被人想起来。

冯大说,真没想到,我从六十六岁到六十七岁,是拖着两条老腿走到的。我要是留在老家,坐在炕上喝着烫茶也能活到这个岁数,躺在被窝里想着好事情也能活到这个岁数。

王五反驳说,你要不出来,早死在炕上了。走路延长了你的命,也延长了所有人的命。

走新疆的漫长道路，把好多人的腿走长，养成好走远路的毛病。

在我的感觉里，虚土庄只是一座梦中的村庄。人们并没有停住，好多人都还在往远处走，不知疲倦地穿过一座又一座别人的村庄。虚土庄空空地搁在土梁上。路把人的命无限延长，好多人看不到自己的死亡。死亡被尘土埋掉了。

冯大又一次看见自己的死，是人们在虚土庄居住下来的第五年。人人嚷嚷着要走的事，连地上的每一粒土都在动，树上每片叶子都在动，仿佛只要一场风，虚土梁上的人和事，就飘走得干干净净。

这时冯大又出来说话了。

冯大说，你们不知道我在怎样死。到今天下午，太阳照到脚后跟上时，我已死掉十分之七。我在一根头发一根头发地死，一个指头一个指头地死。

我活下来的部分也还在死。已经死掉的还在往更深处死，更彻底地死。

冯大的死又一次把人吓住，他说头发时每个人的头发仿佛都在死。他说到手指时，所有人的手指都僵硬了。

"你们光知道一个劲儿往前走，不知道死会让你们一个个停住。走掉的人会在不远的前方死，走远的人也会在更远处死。远处没有活下来的人，我们看到的都是背影。"

冯大的话并没有止住人们往远处走。跑顺风买卖的每天都在上路。人的命被路和风无限拉长，连留在村里的人的命，都无限延长了。以后我没看见冯大的死。也许他背着我们死掉了。

我活的时候,谁都没有死掉。人们都好好的,一些人在远处,顺风穿过一座又一座别人的村子,更多的人睡在四周的房舍里做梦。梦把天空顶高,把大地变得更辽远。

我也没有死掉,我回去过我的童年了。

死亡是后来的事了。它从后面追上来,像一件往事,被所有人想起。人从那时开始死,一个接一个,像秋天的叶子,落得光光的。

一个人出生

那个要出生的人可能是我。听母亲说,父亲担心去新疆的路会把腿走坏,把腰走断,把浑身的劲儿走完,到那时再没有气力生出孩子,就让母亲在临走前怀了身孕。

扔了好多东西,母亲说,几辈子的家产,都扔掉了。你是我们家最轻的一件东西,藏在我的身体里带上了路。

好多男人让女人怀了孕。那些男人,生活无望时就让女人怀孕。遇到挫折和过不去的事情,也让女人怀孕。女人成了出气桶。几乎没有一个孩子在好年成出生。一路上带的粮食越来越少,女人的肚子却一天天变大。不断有女人哭喊,许多孩子流产在路上,那一茬人,不知道最后谁出生了。我听人说,人们刚在虚土梁上落住脚,我就出生了。他们因为等我才在这片虚土梁上停住——只是听人这样说。也许出生的那个孩子不是我,是别人。我和好多孩子一起流产在路上,小小的,没有头,没有眼睛和手,也没有身子,人们走远后我远远地尾随在后面。我感觉到身后有一群和我一样的孩子,但没回头看他们。我那时没有头,不知道跟在身后的人都是谁。

人们在虚土庄落脚后的好多年间,那些孩子一个一个走进村子,找到家和亲生父母,找到锅和碗。夜里时常响起敲门声,声音小小的,像树叶碰到门上。

那样的夜晚,一村庄人在无法回来的遥远梦中。村子空荡荡地刮着风,一个丢失的孩子回来,用小小的手指敲门。虚土庄的门,最早被一个孩子的手指敲响,一扇门咯呀一声,像被风刮开一道小门缝。

风给孩子开门,月亮和星星,给孩子掌着灯。

这个孩子来到世上时,所有孩子都长大走了,没有一个和他同龄的人。他和风玩,和风中的树叶玩。他长大以后,所有大人都老了,更年小的一茬人都不懂事。村里就他一个成年人。

以后我想起远路上的事情,好像我出生前,就早早睁开了眼睛。我在母亲腹中偷偷地借用了她的眼睛。那时候我什么都知道。在没长出脚和耳朵时,我睁开眼睛。

后来有一阵儿,我模糊了,不知道自己是否真的出生。好像已经出生了,却一直没长大。

更早,当我是一片树叶、一缕烟、一粒尘土时,我几乎飘过了整个大地。

我在那样的飘浮中渐渐有了意识。我睁开眼睛,看见我出生的村庄,一片虚土梁上零乱的房子,所有门窗向南,烟囱口朝天。我看见了母亲,但永远说不出她的模样。她生出了我,却是那么陌生。我出生的那一刻,一回头,看见隆隆关上的一扇门。从那一刻起,我就永远不能认识我母亲了。

我闭住眼睛。

整整一年的奔波我都看见了。

我一会儿在后面,隔着茫茫的尘土追赶他们,眼看都追不上了,突然地,我又蹲在前面的土包上,看着一群人远远走来,衣衫褴褛,疲惫不堪的样子。我从中认出我的母亲,也挨个儿认出以后才认识的那些人:王五、韩三、刘二爷、冯七、刘扁。我不知道正在走过荒野的落魄人群中,哪个是我父亲,我不认识他。我在一阵风中飘过他们头顶,好像知道他们要经过哪个路口,在哪儿落脚。他们还在遥遥路途的时候,我已经在虚土梁上落地扎根。我长出茎和叶子等他们,开一朵小黄花等他们,枯黄着枝干等他们。多漫长的路啊,我都快等不到头了,突然地,一个傍晚,他们踏上这片虚土。

一朵云

他们盯着天边的一朵云走到了这里。我听说,一路上经过许多村庄和城市,有的地方他们看上了,人家不接受,不给落户。有的地方人家想留住他们，他们却没看上。到处都缺劳动力，到处是没人开的荒地，或者开出来没人手种又撂荒的土地。路上有几个村庄，险些留住他们，村里人给他们腾出房子，做好饭端到嘴边。他们就要答应留下了，好多人已经走得没有力气。逃荒出来，就是想找一个有地种有饭吃的地方。这个村庄什么都有，连房子都不用盖，该满足了。

可是，王五爷不愿意。王五爷说，我们走出来的是一村庄人，不是一两户人。这片土地正在开发中，我们为啥不开一块地，建一个自己的村子？一旦住进别人的村庄，就是人家的村民了。

后来，多少年后我才知道，他们或许并不害怕变成别人的村民。从老家被坟墓包围的老村子逃出来时，他们只有一个想法：走得远远的，找一个看不见坟的村子，住下。

那应该是一个新村子，人还没开始死，都活得旺旺的。

可是一路经过的那些新村庄周围，也零星地出现新坟。这片新垦地已经开始埋人，他们只好往更远处走。

结果走到了一片没人烟的荒漠戈壁。

当最后一个村庄消失在身后，路不知不觉不见了。荒野一望无际，天也空荡荡的，只有西边天际悬着一块云。人们不知道该往哪儿去，像突然掉进一个梦里，声音被荒野吸去，什么声音都没有了。人人大张着嘴，相互张望，好像突然变得互不认识。这时就听王五爷说，我们得找一块云下面安家。云能停住的地方就有雨，有雨就会生长粮食。

他们在中午时盯着一块云朝西北走，开始云是铅灰色，走着走着慢慢变红，整个天空都红了。一直走到脚被虚土陷住，天上已经布满星星，瞌睡和疲乏更深地陷住人。后来我听他们说起这个夜晚的星空，低低的，星星都能碰到眼睛。我没看见那样低矮的星空，我睁开眼睛时，梁上的房子、草垛、直戳戳的拴牛桩，还有人的叫喊和梦，已经把夜空顶高。

第二天一早，人们醒来发现自己躺在一片虚土梁上，头顶一朵一朵地飘过云，漫长的西风刮起来了。

那时他们还不知道西风的厉害。这场风一直刮到了开春，他们新栽的拴牛桩、树木扎起的院墙，还有烟囱，都被吹得向东斜。风停时地也开冻了，有人想把篱笆墙扶直，把歪斜的拴牛桩挖出来栽直。王五爷出来说话了。

王五爷说，凭我的经验，西风刮完就是东风，东风会帮我们把西风做过头的事做回来。天底下的风都差不多，认识了一个地方的，也就认识了天下的。

果然没过几天，东风起了。人们忙着春种，早出晚归，等到庄稼出苗，草滩返绿，树叶长到一片拍打上另一片时，所有歪斜的东西都被东风吹直了。尤其是篱笆墙，都吹过头，又朝西歪了。连冯二奶去年秋天被西风刮跑的一块蓝花手帕，也被东风刮了回来。

这个地方的风真好，冯二奶说。

人们在虚土庄喜欢上的第一个东西是风。风让人懂得好多道理。比如，秋天丢掉的东西春天会找到。这些道理在别处可能没用。风成了人们生活的一部分。人们说一个地方有多远，会说，有一场风那么远。

一场风到底有多远，跑顺风买卖的那些人可能也说不清。反正，跟着一场风跑一趟就清楚了。比如到六户地，人们会说，有半场风远。

烧荒

我最早记忆的夜晚，我应该出生了，却并不知道，只是觉得换了一个地方。以前，那些声音远远的，像一直没有到来。或者到来了又被挡在外面，我被喊唤，又被抛弃。突然地，四周的声音大了。我被扔在后来我才一一认识的声音和响动中，我惊恐，不知所措，一下就哭喊出了声音。

那时他们刚落住脚，新盖的房子冒着潮气。许多人迷向了，认不出东南西北。长途奔波留给人无穷的瞌睡，瞌睡又使人做了无穷的梦，这些梦云一样悬在虚土庄上空，多年不散，影响了以后的生活。到处是睡着的人，墙根儿、树下、土坡上。人似乎分不清早晨下午的太阳。新房子刚盖好，都不敢住进去，一来湿墙的潮气会让人生病，二来人对虚土中打起的新墙不放心。得让风吹一阵儿，太阳晒些日子，大雨淋几场。

然后老年人先住进去，仰面朝天躺在炕上，察看檩子的动静、椽子和墙的动静。

新房的椽子、檩子在夜里嘎叭叭响。墙也会走动，裂开口子。老年人不害怕被墙压死，房子真要塌，一家人总得有一个舍上命。旧房子裂几道口子不要紧，不会轻易倒塌，尽管门框松动，房顶也下折了，但年月让整个房子结为一体。不像新房，看似结合紧密，但那些墙和木头互不相识。做成门框的那棵榆树和当了檩子的胡杨树相距数十里，陌生得很。椽子之间相互别劲，门和框也有摩擦。它们得经过一段时光的收缩、膨胀、弯曲、走形，相互结合认识后，才会牢牢契合其中，与房子成为一体。这个过程中，房子也最好出麻达。

一般是爷爷辈的先进去住半个月，没事了父亲辈的再进去住十天，母亲会带着儿女睡在院子里。直到爷爷父亲都觉得这房子没事了，一家人全住进去。

房子盖好了，剩下的事情是烧荒。开地前先要把地上的草木烧光。可是季节不到，草木还没完全干黄，火烧不起来。剩下的事情就是睡大觉。

一场一场的睡眠，没明没暗。多数人躺在梁上的虚土中，老人睡在新盖的房子里。老人做着屋顶下的梦，年轻人做着星光月光下的梦。那个秋天就这样睡过去了，直到入冬，第一场寒风冻疼脚趾，才有人醒过来。

醒来的是一个孩子。好多人在梦中听见一个孩子的喊声。

他满村子喊。好像从很远处跑到村子，看见所有人在沉睡。他找不到家，找不到父母。他一个名字一个名字地喊，好多人听见了，从更远的梦中往回赶。我睁着眼睛,仿佛那个喊声是我的。又不是。我在母亲怀抱中,白天睡觉,晚上醒来。夜里所有的声音被我听见。我几乎没有看见过白天,以后我记忆里的好多事情也全在夜里。我不清楚这个村庄的白天发生过什么。

现在已不清楚那个半夜回来的孩子是谁。人人都在沉睡。他跑遍虚土梁,嗓子喊哑了,腿跑软了。可能跑着喊着突然发现自己已经长大,愣愣地站在黑夜中;也可能被一个睡着的人绊倒,一跟头栽过去,趴在地上睡着了。绊他的人醒过来,发现季节变凉,该起来烧荒了。他接着喊。

那已是一个大人的喊声。

他以为梦中听见的那个声音是自己的。他跑遍村子,一样没喊醒一个人。这个只被我听见的喊声云一样悬在虚土庄上空,影响到了以后的生活和梦。

后来他跑到村外,把东边西边南边北边的荒野全点着。火从村边的虚土梁下向远处烧去,最远的天边都烧亮了。他回来看见火光照亮的那些沉睡的脸,落了一层草灰。

一个早晨大家都醒了。什么都没有耽误,因为瞌睡睡足了,剩下的全是清醒。人们没日没夜地干,那点开荒的活儿在落雪前也就干完了。整个冬天人没有瞌睡,沿着野兔的路,野羊和野骆驼的路,把远远近近的地方走了一遍。后来这些路变成人的路,把虚土庄跟远远近近的村庄连在一起。

今生今世的证据

我走的时候，我还不懂得怜惜曾经拥有的事物，我们随便把一堵院墙推倒，砍掉那些树，拆毁圈棚和炉灶，我们想它没用处了。我们搬去的地方会有许多新东西。一切都会再有的，随着日子一天天好转。

我走的时候还不知道向那些熟悉的东西去告别，不知道回过头说一句：草，你要一年年地长下去啊；土墙，你站稳了，千万不能倒啊；房子，你能撑到哪一年就强撑到哪一年，万一你塌了，可千万把破墙圈留下，把朝南的门洞和窗口留下，把墙角的烟道和锅头留下，把破瓦片留下，最好留下一小块泥皮，即使墙皮全脱落光，也在不经意的、风雨冲刷不到的那个墙角上，留下巴掌大的一小块吧；留下泥皮上的烟垢和灰，留下划痕、朽在墙中的木和铁钉。这些都是我今生今世的证据啊。

我走的时候，我还不知道曾经的生活有一天，会需要证明。

有一天会再没有人能够相信过去。我也会对以往的一切产生怀疑。那是我曾有过的生活吗？我真看见过地深处的大风？更黑，更猛，朝着相反的方向,刮动万物的骨骸和根须。我真听见过一只大鸟在夜晚的叫声?整个村子静静的,只有那只鸟在叫。我真的沿那条黑寂的村巷仓皇奔逃?背后是紧追不舍的瘸腿男人,他的那条好腿一下一下地捣着地。我真的有过一棵自己的大榆树?真的有一根拴牛的榆木桩,它的横杈直端端指着我们家院门,找到它我便找到了回家的路。还有,我真沐浴过那样恒久明亮的月光?它一夜一夜地已经照透墙、树木和道路,把银白的月辉渗浸到事物的背面。在那时候,那些东西不转身便正面背面都领受到月光,我不回头就看见了以往。

现在,谁还能说出一棵草、一根木头的全部真实。谁会看见一场一场的风吹旧墙、刮破院门,穿过一个人慢慢松开的骨缝,把所有所有的风声留在他的一生中。

这一切,难道不是一场一场的梦?如果没有那些旧房子和路,没有扬起又落下的尘土,没有与我一同长大仍旧活在村里的人、牲畜,没有还在吹刮着的那一场一场的风,谁会证实以往的生活——即使有它们,一个人内心的生存谁又能见证。

我回到曾经是我的、现在已成别人的村庄。只几十年工夫,它变成另一个样子。尽管我早知道它会变成这样——许多年前他们往这些墙上抹泥巴、刷白灰时,我便知道这些白灰和泥皮迟早会脱落得一干二净。他们打那些土墙时我便清楚这些墙最终会回到土里——他们挖墙边的土,一截一截往上打墙,还喊着打夯的号子,让远远近近的人都知道这个地方在打墙盖房子了。墙打好后每堵墙边都留下一个坑,墙打得越高坑便越大越深。他们也不填它，顶多在坑里栽几棵树，那些坑便一直在墙边等着，一年又一年，那时我就知道一个土坑漫长等待的是什么。

但我却不知道这一切面目全非、行将消失时，一只早年间日日以清脆嘹亮的鸣叫唤醒人们的大红公鸡、一条老死窝中的黑狗、每个午后都照在（已经消失的）门框上的那一缕夕阳……是否也与一粒土一样归于沉寂。还有，在它们中间悄无声息度过童年、少年、青年时光的我，他的快乐、孤独、无人感知的惊恐与激动……对于今天的生活，它们是否变得毫无意义。

当家园废失，我知道所有回家的脚步都已踏踏实实地迈上了虚无之途。

一朵花向整个大地开放自己

我记住临近秋天的黄昏，天空逐渐透明，一春一夏的风把空气中的尘埃吹得干干净净。早黄的叶子开始往远处飘了。我的母亲，在每年的这个时节站在房顶，做着一件我们都不知道的事。

她把油菜种子绑在蒲公英种子上，一路顺风飘去。把榆钱的壳打开，换上饱满麦粒。她用这种方式向远处播撒粮食，骗过鸟、牲畜，在漫长的西风里，鸟朝南飞，承载麦粒、油菜的榆钱和蒲公英向东飘，在空中它们迎面相遇。鸟的右眼微眯，满目是迅疾飘近的东西，左眼圆睁，左眼里的一切都在远去。

我很早的时候，看见母亲等候外出的父亲，每个黄昏她做好晚饭等，铺好被褥等。我们睡着后她望着黑黑的屋顶等。我不知道远去的人中哪个是我的父亲。我不认识他。偶尔的一个夜晚他赶车回来，或许是经过这个有他的家和孩子的村庄。在我迷迷糊糊的梦中，听见马车吱进院子，听见他和母亲低声说话。他卸下几袋粮食装上几张皮子，换上母亲纳的新鞋,把他穿破的一双鞋脱在炕头。在我们来不及醒来的早晨,他的马车又赶出村子上路了。出门前他一定挨个地抚摸我们的头,从土炕的这边到那边,他的五个孩子,没有一个在那时候醒来,看他一眼,叫声爹。他走后的一年里,这个土炕上又会多一个孩子。每次经过村庄他都会让母亲再一次怀孕,从他离开的那一夜起,母亲的身体会一天天变重。她哪都去不了。我的母亲,只有在每年的五月,榆钱熟落时,成筐地收拾榆树种子。她早早把榆树下的地铲平,扫干净,等榆钱落了厚厚一层,便带我们来到树下。那时东风已刮得起劲了。我们在沙沙的飘落声里,把满地的榆钱扫成堆,一筐筐提回家。到了六月,早熟的蒲公英开始朝远处飘了。我的母亲,赶在它们飘飞前,把那些带小白伞的种子装进布袋,她用它给儿女们做枕头,让她的孩子夜夜梦见自己在天上飞,然后,她在早晨问他们看见了什么。

许多事情他们不知道。母亲,我看你站在高高的房顶,手一扬一扬,仿佛做着一件天上的事。风吹种子。许多事情没有弄清。一棵蒲公英只知道它的种子随风飘起,却不知道每一颗都落向哪里。第二年春天,或夏天,有没有它们落地扎根的消息随风传来。就像我们的亲人,在千里外的甘肃老家,收到我们在虚土庄安家的消息。

那些信上说,我们已经在一道虚土梁上住下来,让他们赶紧来,我们在梁上等他们。虚土梁是一个显眼的高处,几十里外就能看见我们盖在梁上的房子,望见我们一早一晚的炊烟。

信里还说，我们在梁上顶多等五年。顶多五年，我们就搬到一个更好的地方。

他们说等五年的时候，只想到五年内故乡的亲人有可能到齐，地里的余粮够重新上路，房后的榆树长到可以做辕木。

可是，栽在屋前的桃树也会长大，第三年就开花结果。那些花和果会留人。今年的桃子吃完了，明年后年的鲜桃还会等他们。等待人们的不仅仅是远处的好地方，还有触手可及的身边事物。

一年年整平顺的地会留人，走熟的路会留人，破墙头会留人。即使等来老家的亲人，走到这里也早筋疲力尽，就像当初人们到来时一样，没有前走的一丝力气。

不过，等到真正动身了，人就已经铁了心，什么东西都留不住了。铃铛刺撕扯衣襟也没用，门槛绊脚也没用，泪水遮眼也没用。

关键是人动身之前，下午照在西墙的一缕阳光，就把人牢牢留住。长在屋旁一棵小草的浅浅花香，就把人永远留住。

蒲公英从五月开始播撒种子。那时早熟的种子随东风飘向西边的广阔戈壁。到了七月南风起时，次熟的种子被刮到沙漠边的灌木丛，或更远的沙漠腹地。八九月，西风骤起，大量熟落的种子飘向东边的干旱荒野。十月，北风把最后的蒲公英刮向南山。南山是蒲公英最理想的生栖地。吹到北沙漠的种子，也会在漫长的漂泊中被另一场风刮回来，落在水土丰美的南山坡地。

　　一年四季，一棵生长在虚土梁上的蒲公英，朝四个方向盛开自己。它巨大的开放被谁看见了。在一朵蒲公英的盛开里，我们生活多年。那朵开过头顶的花，覆盖了整个村庄荒野。那些走得最远的人，远远地落在一朵飘飞的蒲公英后面。它不住地回头，看见他们。看见和自己生存在同一片土梁的那些人，和自己一样，被一场一场的风吹远。又永远地跑不快跑不远。它为他们叹息，又无法自顾。

　　一粒种子在飘飞的路途中渐渐有了意识，知道自己要往哪去，在哪扎根。一粒种子在昏天暗地的大风中睁开眼睛，看见迅疾向后"漂移"的荒漠大地，看见匍匐的草、疯狂摇晃的树木，看见河流、深陷荒野的细细流水，和向深扩展的莽莽两岸，看见一片土坡上，艰难活命的自己，一根歪斜的枝，几片皱巴巴叶子。看见秋天从头顶经过，风声枯涩，带走夏天时就已坠地的几片黄叶——这就是我的命啊。一粒种子在落地的瞬间永远地闭上眼睛。从此它再看不见自己。不知道自己是否发芽，是否长出叶子，是否未落稳又被另一场风刮走。它的生长，只是一场不让自己看见的黑暗的梦。

　　这就是一棵草。

　　它或许永远不知道自己怎样活着。它的叶子被一只羊看见，被飘过头顶的一粒自己的种子看见。

就在人们待在村里，梦想着怎样远走的那些年，一群鸟一次次飞到南方又回来。一窝蚂蚁，排起长队，拖家带口迁徙到戈壁那边的胡杨绿地。连爬得最慢的甲壳虫，也穿过荒滩去了趟沙漠边。每一朵花都向整个大地开放了自己。

通驴性的人

　　我四处找我的驴,这畜牲正当用的时候就不见了。驴圈里空空的。我查了查行踪——门前土路上一行梅花篆的蹄印是驴留给我的条儿,往前走有几粒墨黑的鲜驴粪蛋算是年月日和签名吧。我捡起一粒放在嘴边闻闻,没错,是我的驴。这阵子它老往村西头跑,又是爱上谁家的母驴了。我一直搞不清驴和驴是怎么认识的,它们无名无姓,相貌也差不多,唯一好分辨的也就是公母——往裆里一眼便了然。

　　正是人播种的大忙季节,也是驴发情的关键时刻。两件绝顶重要的事对在一起,人用驴时驴也正忙着自己的事——这事儿比拉车犁地还累驴。土地每年只许人播种一次,错过这个时节种啥都白种。母驴也在一年中只让公驴沾一次身,发情期一过,公驴再纠缠都是瞎骚情。

　　我没当过驴,不知道驴这阵子咋想的。驴也没做过人。我们是一根缰绳两头的动物,说不上谁牵着谁。时常脚印跟蹄印像是一道的,最终却走不到一起。驴日日看着我忙忙碌碌做人,我天天目睹驴辛辛苦苦过驴的日子。我们是彼此生活的旁观者、介入者。驴长了膘我比驴还高兴。我种地赔了本驴比我更垂头丧气。驴上陡坡陷泥潭时我会毫不犹豫地将绳搭在肩上，四蹄爬地做一回驴。

我炒菜的油香飘进驴圈时，驴圈里的粪尿味也窜入门缝。

我的生活容下了一头驴，一条狗，一群杂花土鸡，几只咩咩叫的长胡子山羊，还有我漂亮可爱的妻子女儿。我们围起一个大院子、一个家。这个家里还会有更多生命来临：树上鸟、檐下燕子、冬夜悄然来访的野兔……我的生命肢解成这许许多多的动物。从每个动物身上我找到一点自己。渐渐地我变得很轻很轻，我不存在了，眼里唯有这一群动物。当它们分散到四处，我身上的某些部位也随它们去了。有一次它们不回来，或回来晚了，我便不能入睡。我的年月成了这些家畜们的圈。从喂养、使用到宰杀，我的一生也是它们的一生。我饲养它们以岁月，它们饲养我以骨肉。

我觉得我和它们处在完全不同的时代。社会变革跟它们没一点关系，它们不参与，不打算改变自己。人变得越来越聪明时，它们还是原先那副憨厚样子，甚至拒绝进化。它们的身体和心灵都停留在远古。当人们抛弃一切进入现代，它们默默无闻伴前随后，保持着最质朴的品质。我们不能不饲养它们。同样，也不能不宰杀它们。我们的心灵拒绝它们时，胃却离不开它们。

也就是说，我们把牲畜一点不剩地接受了，除了它们同样憨厚的后代，我们没给牲畜留下什么，牲畜却为我留下过冬的肉、以后好多年都穿不破的皮衣，还有，那些永远说不清道不明白的思绪。

有一次我小解，看见驴正用一只眼瞅我裆里的东西，眼神中带着明显的藐视和嘲笑。我猛然羞愧自卑起来——我在站满男人的浴池洗澡时，在脱光排成一队接受医生体检时，在七八个男生的大宿舍以阳具大小排老大、老二、老三时，甚至在其他有关的任何场合，都没自卑过。相反，却带着点自豪与自信。和驴一比，我却彻底自卑了。在驴面前我简直像个未成年的孩子。我们穿衣穿裤，掩饰身体隐秘的行为被说成文明。其实是我们的东西小得可怜，根本拿不出来。身旁一头驴就把我比翻了。瞧它活得多洒脱，一丝不挂。人穿衣乃遮羞掩丑。驴无丑可遮。它的每个部位都是最优秀的。它没有阴部。它精美的不用穿鞋套袜的蹄子，浑圆的脊背和尻蛋子，尤其两腿间粗大结实、伸缩自如的那一截子，黑而不脏，放荡却不下流。

自身比不了驴，只好在身外下功夫。我们把房子装饰得华丽堂皇，床铺得柔软又温暖。但这并不比驴睡在一地乱草上舒服。咋穿戴打扮我们也不如驴那身皮自然美丽，货真价实。

驴沉默寡言，偶尔一叫却惊天地泣鬼神。我的声音中偏偏缺少亢奋的驴鸣，这使我多年来一直默默无闻。常想驴若识字，我的诗歌呀散文呀就用不着往报刊社寄了。写好后交给驴，让它用激昂的大过任何一架高音喇叭的鸣叫向世界宣读，那该有多轰动。我一生都在做一件无声的事，无声地写作，无声地发表。我从不读出我的语言，读者也不会，那是一种更加无声的哑语。我的写作生涯因此变得异常寂静和不真实，仿佛一段黑白梦境。我渴望我的声音中有朝一日爆炸出驴鸣，哪怕以沉默十年为代价，换得一两句高亢鸣叫我也乐意。

多少漫长难耐的冬夜，我坐在温暖的卧室喝热茶看书，偶尔想到阴冷圈棚下的驴，它在看什么，跟谁说话。

总觉得这鬼东西在一个又一个冷寂的长夜，双目微闭，冥想着一件又一件大事。想得异常深远、透彻，超越了任何一门哲学、玄学、政治经济学。天亮后我牵着它拉车干活时，并不知道牵着的是一位智者、圣者。它透悟几千年的人世沧桑，却心甘情愿被我们这些活了今日不晓明天的庸人牵着使唤。幸亏我们不知道这些，知道了又能怎样呢，难道我们会因此把驴请进家，自己心甘情愿去做驴拉车住阴冷驴圈。

我是通驴性的人。而且我认为，一个人只有通了驴性，方能一通百通，更通晓人性。不妨站在驴一边想想人。再回过头站在人一边想想驴。两回事搁在一块想久了，就变成一回事。驴的事也成了人的事，人的事也成了驴的事。实际上生活的处境常把人畜搅得难分彼此。

每当驴发情的喜庆日子，我宁可自己多受点累也绝不让我的驴筋疲力尽，在母驴面前丢我的人。村里人议论张家的驴没本事，连最矮的母驴都爬不上去。说李家的驴举而不坚，说王家的驴是瞎孙，那东西上不长眼睛。我绝不许刘家的驴落此劣名。每当别人夸我的驴时，我都像自己受了夸一般窃喜。我把省吃的精粮拌给驴吃，我生怕它没精神。我和妻子荒睡几个晚上不要紧，人一年四季都可亲近，不在乎一夜半宿。驴可干的是面子上的事。驴是代表我当着全村男人女人的面耀威扬雄。驴不行村里人会说这家男人不行。在村里啥弄不好都会怪男人的。地不出苗是男人没本事，瓜不结果是男人功夫不到，连母羊不下羔都轮不到公羊负责。好在我的驴年年为我争光长面子。它是多么通人性的驴啊，风流了大半日回来，汗流浃背，也不休息一下便径直走到棚下，拉起车帮我干活了。驴的舒服和满足通过缰绳传到我身上。缰绳是驴和我之间的忠实导线。我的激动、兴奋和无可名状的情绪也通过缰绳传递给驴。一根绳那头的生命，幸福、遥远、鬼祟、望尘莫及。它连干七八头母驴剩下的劲，都比我大得多。有时嫉妒地想，驴的那东西或许本来是我的，结果错长在驴身上。要么我的欲望是驴的。我瘦小羸弱的躯体上负载着如此多如此强烈的大欲望，而那些雄健无比的大生命却优哉游哉。它们身佩大壮之器，把雄心壮志空留给我，任这个弱小身子去折腾、去骚动、去拼命。

驴不会把它的东西白给我，我也不会将拥有的一切让给驴。好好做人是我的心愿，乖乖当驴是驴的本分。无论乖好与否，在我卑微的一生中，都免不了驴一般被人使唤，放弃自己想做的事、想住的房子、想爱的人，乃至想说的话。一旦鞭子握在别人手里，我会首先想到驴，宁肯爬着往前走绝不跪着求生存，把低贱卑微的一生活得一样自在、风流且亢奋，而且并不因此压低嗓门，低声下气，用激扬的鸣叫压过沸沸人声。必要时，还要学一点"拉着不走打着后退"的倔犟劲。驴也好，人也好，永远都需要一种无畏的反抗精神。

驴对人的反抗恰恰是看不见的。它不逃跑，不怒不笑（驴一旦笑起来是什么样子）。你看不出它在什么地方反抗了你，抵制了你，伤害了你。对驴来说，你的一生无胜利可言，当然也不存在遗憾。你活得不如人时，看看身边的驴，也就好过多了。驴平衡了你的生活，驴是一个不轻不重的砝码。你若认为活得还不如驴时，驴也就没办法了。驴不跟你比。跟驴比时，你是把驴当成别人或者把自己当成驴。驴成了你和世界间的一个可靠系数，一个参照物。你从驴背上看世界时，世界正从驴胯下看你。

所以卑微的人总要养些牲畜在身旁方能安心活下去。所以高贵的人从不养牲畜而饲一群卑微的人在脚下。

世界对于任何一个人都是强大的，对驴则不然。驴不承认世界，它只相信驴圈。驴通过人和世界有了点关系，人又通过另外的人和世界相处。谁都不敢独自直面世界。但驴敢，驴的高亢鸣叫是对世界的强烈警告。

我找了一下午的驴回来，驴正站在院子里，那神情好像它等了我一下午。驴瞪了我一眼，我瞪了驴一眼。天猛然间黑了。夜色填满我和驴之间的无形距离，驴更加黑了。我转身进屋时，驴也回身进了驴圈。我奇怪我们竟没在这个时候走错。夜再黑，夜空是晴朗的。

只剩下风

我想听见风从很远处刮来的声音,听见树叶和草屑撞到墙上的声音,听见那根拴牛的榆木桩直戳戳划破天空的声音。

什么都没有。

只有空气,空空地跑过去。像黑暗中没有偷到东西的一个贼。

西边韩三家院子只剩下几堵破墙,东边李家的房子倒塌在乱草里,风从荒野到荒野,穿过我们家空荡荡的院子。再没有那扇一开一合的院门,像个笨人掰着手指一下一下地数着风。再没有圈棚上的高高草垛,让每一场风都撕走一些,再撕走一些,把呜呜的撕草声留在夜里。

风刮开院门时一种声音,父亲夜里起来去顶住院门时又是另一种声音——风被挡住了。风在院门外喊,像我们家的一个人回来晚了,进不了门。我们在它的喊声里醒来,听见院门又一次被刮开,听见风呼呼地鼓满院子,顶门的歪木棍扑腾倒在地上,然后一声不吭。它是歪的,滚不动。

我一直清楚地记得父亲在深夜走过院子的情景,记得风吹刮他衣服的声音。他或许躬着腰，一手按着头上的帽子，一手捂着衣襟，去关风刮开的院门。刮风的夜晚我们都不敢出去，或者装睡不愿出去。躺在炕上，我听见父亲在院子里走动，听见他的脚步被风刮起来，像树叶一样一片接一片飘远。

那样的夜晚我总有一种隐隐的担心。门大敞着，我总是害怕父亲会顶着风走出院门，走过马路，穿过路那边韩三家的院子，一直走进西边的荒野里，再不回来。

许多年前，先父就是在这样一个深夜（深得都快看见曙色了），独自从炕上坐起来，穿好衣裳出去，再没有回来。那时我太小了，竟没听见他开门关门的声音，没听见他走过窗口的脚步和轻微的一两声咳嗽。或许我听见了。肯定听见了；只是我还不能从记忆里认出它们。

那时候，一刮风我便能听见远远近近的各种声音。地下密密麻麻的树根将大地连接在一起，树根之间又有更密麻的草根网在一起，连树叶也都相连着，刮风时一片叶子一动，很快碰动另一片，另一片又碰动另一片，一会儿工夫，百里千里外的树叶像骨牌一样全哗啦啦动起来。那时我耳朵贴在黄沙梁任何一棵树根上，就能听见百里外另一棵树下的动静。那时我随便守住一件东西，就有可能知道全部。

可是现在不行了，什么都没有了。大树被砍光，树根朽在地里。草成片枯死。土地龟裂成一块一块的。能够让我感知大地声息的那些事物消失了，只剩下风，它已经没有内容。

荒野从没埋掉一个人

还是很久以前,有一段年月,我以为自己赶一辆马车做顺风买卖去了,我在虚土中等他回来。如果做得好,我的后半生就会有几年富裕日子。做赔了,连车马都赔光,就没脸回来了。在一个僻远村子窝下,不和人打交道,不和人说话。谁都不知道他想些啥。其实谁都知道,这个人静悄悄地往回走了。前面没好日子了,人就会往回走,开始一个人走,走着走着和好多人会合。在走向过去的路上,人挤人,头碰头。好多人走不回去,被堵在路上。

我听刘二爷说,人有无数个未来,只有一个过去。往未来走的路越散越开,好多人像烟一样飘散在远处。

人们在未来年月,一个找不见另一个。

往回走的路是聚拢的,千千万万条小路,汇到大路上,通向童年。我不知道有多少个我,在往回走。

好多人都是可以回到童年的。有人把自己长歪了,羞于回到童年。有人回来,他的童年不认他了,他没有长成最初期望的样子。人一离开童年，就好像长大成另一种动物。

我老的时候，我会感到一个孩子回到我的身体中。也许不会，我只觉察到一阵清风，从身边刮过去，就像我那时感觉到我爷爷的到来。

其实我没有爷爷。我看见的可能是老了以后的自己。我五岁时，一个七十岁的老人来到家里。很早，在我出生时他就在家里了，我不知道他是多年以后的我。我叫他爷爷，他看着我笑，我也笑。他早早把我的老年送到眼前，我却不认识。他走了又回来，把一个老人的动静和气息留在家里。

另一年，我在下野地的野户村，遇见一个放羊老人，住在空空的破羊圈里。从羊粪的厚度可以看出，这个圈里至少有过几百只羊。我记得早年的一天，我吆着一群羊走在野滩，那群羊一半黑一半白，我不知道后来我赶着那群羊去了哪里，也许一群羊放成两群，白的一群朝天黑走了，黑的一群留在白天；也许最后剩下一只活到老，黑毛变白。

我在那个老人身边坐了半天，什么都没说。我什么都知道，看见放一群羊放老的自己，已经没有名字，我几乎就要承认这个夹一根羊鞭，跟着羊群后面早出晚归，最后一只羊也没落下的老年了，又漠然地离开。原来我哪儿都没去，放了一辈子羊。我还以为我干了多大的事情。我五岁时，看见四十岁的自己，在远处有着无边的土地，一个连一个的村庄。我时常穿过无边金黄的麦田，我不去收割，它们熟落在我的土地上，年复一年。我的麦子自播自种，收割它们的夏季热风，刮到我的额头时已经变凉。我的眼睛是装得下一百个秋天的无边粮仓。当我远望时，目光金黄，从村庄，到另一个村庄，我目光喂养的远方，原来是一个梦想。我只是在荒野上放了一辈子羊。我可能看见过一百只羊眼中的春天，也看见悬在一百只羊头顶的刀子和皮鞭。但我看不清那个放羊老人，我不想看清。

还有一年，我在去老奇台的路上，经过一大片坟地，我在坟地的乱草中休息，在东倒西歪的墓碑中，竟然发现一块上面刻着我的名字和生卒日期。我又查看了其他墓碑，村里好些人的名字都在上面，全是大名。

原来我们早就死掉了，我们不知道。已经死掉的人，还在外面逃避死亡。死亡都不能让他们回来。

我想赶快回去把这个消息告诉村里人，快停下来吧，种地的人，赶车跑顺风买卖的人，正在吃饭喝水的人，抱着媳妇睡觉的人，我们早就死掉了，地里生长的全是过去的粮食，那些买卖早就结束了，早就没有了盈利和亏本，没有起早贪黑。我们的嘴和肠胃，多少年前就腐朽成土，一日三餐，只剩下袅袅炊烟，只剩下一个不会醒来的梦。它不知道我们已经死了。

只剩下风。

连风都不刮了。

我急急往村子赶,却怎么也回不到村子,所有的路都不对,远看着它通向村子,走着走着村子不见了。有一次,我眼看进村了,突然地,大渠上的桥断了,水黑黑朝西流,我被挡住。天已经黑了,眼前的村子亮起灯光。其实我应该清楚,连回去的路也早已荒芜。路上的脚印和车辙早被风拾走,桥断掉,被水冲走。

后来我是怎么回去的我忘记了。当我回到村里时,已经是早晨,鸡叫了,满村庄的开门声,太阳露出一小半,地上爬满长长的人影,他们开始吃早饭了。我看见母亲,从菜园摘来带露水的青菜,父亲的马车停在院子,他总是在我不在的时候回到家。我看见开门出来的我,五岁的样子,满眼是没做醒的梦。

原来那些坟墓全是空的。墓碑上的名字和生卒日期是虚的。它只是记载有一个人,自哪年到哪年,在这个村子生活。以后去哪儿了,都不说清楚。

荒野从没埋掉一个人,人全走掉了。一些人在远去的路上,一些人在回来的路上。我在哪里?我五岁以后的年月里,活着另外一个人,他娶妻生子,过着我不知道的生活,一年年地把身体熬老。也许等我认出他时,都已经老糊涂了。我都不想承认这个人。他跑断腿,累弯腰,剩下两颗牙,带着浑身的病痛来到我的生命中。什么样的路途让他跑坏了腿?什么样的生活把他折磨成这样?仿佛我是一头被丢掉的牲口,被谁偷去使唤了几十年,又放了回来。

我拉了几年车,犁了多少地,挨了多少鞭,我都不知道。他们把我的一条腿使唤坏,把我腰上的劲全用完,让我剩下两颗摇晃的牙,回来了。

把时间绊了一跤

我看见早晨的阳光,穿过村子时变慢了。时光在等一头老牛。它让一匹朝东跑的马先奔走了,进入一匹马的遥遥路途,在那里,尘土不会扬起,马的嘶叫不会传过来。而在这里,时光耐心地把最缓慢的东西都等齐了,连跑得最慢的蜗牛,都没有落在时光后面。

刘二爷说,有些东西跑得快,我们放狗出去把它追回来。有些东西走得比我们慢,我们叫墙立着等它们,叫树长着等它们。我们最大的本事,就是能让跑得快的、走得慢的都和我们待在一起。

我在这里看见时光对人和事物的耐心等候。

四十岁那年我回到村里,看见我五岁时没抱动的一截木头,还躺在墙根。我那时多想把它从东墙根挪到房檐下。仿佛我为了移动这截木头又回到村庄。我二十岁时就能搬动这截木头,可我顾不上这些小事。我在远处。三十岁时我又在干什么呢?我长大后做的哪件事是那个五岁孩子梦想过的?我回来搬这截木头,幸亏还有一截没挪窝的木头。

我五十岁时，比我大一轮的张望瞎了眼，韩三瘸了一条腿，冯七的腰折了。就是我们这些人，在拖延时间，我们年轻时被时间拖着跑，老了我们用跑瘸的一条腿拖住时间，用望瞎了的一双眼拖住时间。在我们拖延的时间里，儿孙们慢慢长大，我们希望他们慢慢长大，我们有的是时间让他们慢慢长大。

　　时间在往后移动。所以我们看见的全是过去。我们离未来越来越远，而不是越来越近。时光让我们留下来，许多时光没有到来。好日子都在远路上，一天天朝这里走来。我们只有在时光中等候时光，没有别的办法。你看，时间还没来得及在一根刮磨一新的锨把上，留下痕迹。时间还没有磨皱那个孩子远眺的双眼，但时光确实已经慢了下来。

　　每天一早一晚，站在村头清点人数的张望，可能看出些时光的动静。当劳累一天的韩瘸子牵牛回到家，最后一缕夕阳也走失在西边荒野。一年年走掉的那些岁月都到哪去了，夜晚透进阵阵寒风的那道门缝，也让最早的一束阳光照在我们身上。那头傍晚干活回来的老牛，一捆青草吃饱肚子。太阳落山后，黄昏星亮在晚归人头顶。在有人的旷野上，星光低垂。那些天上的灯笼，护送每个晚归人。一方小窗里的灯光在黑暗深处接应。当我终于知道时间让我做些什么，走还是停时，我已经没有时间了。

　　每年春天，村东的树长出一片半叶子时，村西的树才开始发芽。可以看出阳光在很费力地穿过村子。

刘二爷说，如果从很高处看——梦里这一村庄人一个比一个飞得高——向西流淌的时间汪洋，在虚土庄这一块形成一个涡流。时间之流被挡了一下。谁挡的，不清楚。我们村子里有一些时间嚼不动的硬东西，在抵挡时间。或许是一只猫、一个不起眼的人、一把插在地上的铁锨，还是房子、树？反正时间被绊了一跤，一扑倒在虚土里。它再爬起来向前走时，已经多少年过去，我们把好多事都干完了，觉也睡够了。别处的时光已经走得没影。我们这一块远远落在后面。

时间在丢失时间。

"我们在时间丢失的那部分时间里，过着不被别人也不被自己知道的漫长日子。"刘二爷说。

鸟是否真的飞到了时间上面。有一种鹰，爱往高远飞，飞到纷乱的鸟群上面，飞过落叶和尘土到达的高度，一直飞到人看不见。鸟飞翔时，把不太好看的肚皮和爪子亮给我们，就像我们走路时，不知道该把手放在什么位置。鸟飞在天上，对自己的爪子也不知所措，有的鸟把爪子向后并拢，有的在空中乱蹬，有的爪子闲吊着，被风刮得晃悠。还有的鸟，一只爪子吊下来，一只蜷着，过一会儿又调换一下。鸟在天上，真不知该怎样处置那对没用的爪子，把地上的人看得着急。不过，鸟不是飞给人看的，这一点小孩都知道。鸟把最美的羽毛亮给天空，好像天上有一双看它的眼睛。鸟从来不在乎我们人怎么看它。

那些阳光，穿过袅袅炊烟和逐渐黄透的树叶，到达墙根门槛时，就已经老了。像我们老了一样，那些秋草般发黄的傍晚阳光，垛满了村庄。每天这个时候，坐在门口纳鞋的冯二奶，最知道阳光怎样离开村庄，丝线般细密的阳光，从树枝、墙根、人的脸上丝丝缕缕抽走时，满世界的声响。天塌下来一样。

"我们把时间都熬老了。"刘二爷说。

当我们老得啃不动骨头，时间也已老得啃不动我们。

房子的主人回来了

我们把房子卖给冯三也许卖对了。他并没有糟践它。尽管门前的菜地已经荒芜,可以看出很多年没种过东西。芦苇和灰蒿子杂长在院子。我们走时一点没拆的完整院墙如今只剩下西边靠马路的一截孤墙。房子东边的牛圈不见了,菜窖塌陷成一个凹坑……这些都是自自然然发生的,跟冯三没一点关系。就像一个人老了跟周围的其他人没多大关系一样。岁月让它变成这样的。

这个下午,我站在破败的院子里,茫然地看着我们家的残断墙垣。冯三弓着腰站在旁边,他很内疚地说了句:我一手没动,都是自己倒掉的。

他好像对自己没能守好这个宅院,让它破败成现在这个样子很不好意思。

"牛圈是让雨冲倒的。圈墙本来就薄,加上顶上没有垛草,压不住墙角,雨一泡墙根就软了。"

"哪一年倒掉的。"我问。

"四五年前吧,在一个夜里。雨倒下得不大,就是不停地下,下了一夜。早晨我起来看见牛圈倒掉了,倒了三面墙。幸亏我没养牛,要不也压死了。

"另一面墙到去年秋天才倒。谁也没碰它,连风都没刮,站得好好的突然扑通一声就倒了,平平地躺在了地上,像是人推倒的似的。其实谁也没碰它。

"菜窖是韩三家的牛踏塌的。还把一根牛腿别断了。"

冯三紧跟在我后面,像个看守宅院的老房客,终于等来了主人。他不时给我指这说那,有点怯生生的样子。他似乎完全忘了这个宅院是他掏钱买的。

不知冯三一个人年复一年住在我们家旧房子里是什么滋味。所有东西都是我们用旧的。桌子、炕、门窗、木梁,包括地上的土。可以看出冯三是多么爱惜地将这些旧东西用到了更旧,他没有粉刷它们。一件东西在人手中磨弄多年后,磨出一种颜色来——旧木桌边缘上的那种颜色,老木椅扶手上的那种颜色。原先的漆色已磨净,露出里面的木头来。那木头在油漆下隐匿多年,也不似以前的木头,但你熟悉、喜欢、认识。一块经世多年的木头和一个经世多年的人,终于互解互认。经年的相依中一些木质已进入掌纹和身体,人的气息和心境也渐渐磨进木头。到了那时候,你才能够从心里说一句:这些东西是我的了。

我听说有一户人家买了别人的旧宅子,已经住了二十年,爷爷辈死了，孙子辈在这个宅院里出生。他们从来没有怀疑过这个宅院是他们的。他们太熟悉它了，早就认定这个家了。

可是二十年后的一天，原先主人的孙子拿着一张发黄的纸片来到宅院，进了里屋，对着纸片打量半天，然后说，他爷爷在西边这个墙角下埋了些东西，他要挖走它。这个墙角立着一个扫把，还堆着些早晨扫起来没簸走的垃圾。垃圾旁放着水桶。他们找来一把锨，递给那个人，然后呆呆地看着他在墙角往下挖，挖到一米多深，挖出来一坛金子。

那个人抱着一坛金子离开后，这户人家突然觉得不安起来，开始怀疑房子的角角落落，他们在另外三个房角上各挖了一个坑，啥也没挖到。又在房子中间正对天窗的地上挖了一个坑，依旧只挖出一堆黄土。他们开始怀疑墙壁，怀疑院子里的那棵老榆树。每当墙上脱落一块泥皮，他们都会把脸凑上去，从土块缝仔细往墙里窥视，还会很冲动地挖掉一块墙体，看看墙里到底藏了啥东西。那棵老榆树干也被凿了三个大洞。他们听说早先有人把贵重东西藏在树干里，树会慢慢将藏东西的洞长住，在洞口处结成一个树疙瘩。结果两个是早年砍掉的树杈，树体将它们包住了，包得很深，像是树长到脸盆粗时被砍掉的，现在树长到水缸粗了。

另一个树疙瘩里面啥也没有。树无缘无故地长了个疙瘩，让人纳闷，所以这个洞凿得很深，都快到树心了。啥也没有。

这户人就这样心神不定地又翻腾了七八年，宅院里到处是他们挖的坑、打的洞，后来房子终于被翻腾得住不成。他们原打算拆掉旧房子，在宅院里重起一幢新房子。可是他们还是不放心这块地，不知道地下还埋着什么东西。最后他们弃了这个宅院到别处安家去了。

很早前我们家屋里也挖过一个坑，是父亲挖的，在外屋门口处，一米多深。白天坑上担着两块木板，到了晚上木板取掉。父亲用这种方式防备盗贼。晚上盗贼开门进来，会一脚踩空，跌进坑里，即便摔不死也会惊动屋里人。

可惜从来没有一个盗贼晚上进过我们家门。倒是父亲有一天黄昏背着半麻袋苞谷进屋，一脚踩断木板，直直地掉了进去，半麻袋苞谷压在身上，动弹不得。我们费了很大劲才把父亲从坑里拉出来。父亲的腰扭伤了，腿也受了点伤，在炕上躺了半个月才缓过来。

我们终于知道了这个坑的厉害。进门时总要先看看地下。直到现在我仍无法改掉这个习惯，不管进谁家的门，楼房还是平房，迈脚时总要看看门口处有没有坑。

后来我们稍大些时，父亲把这个坑填掉了。他已经不怕贼进屋了。他的五个儿子，大的十八九、二十岁，小的八九岁，齐排排躺在炕上，对付起盗贼来，总比那个坑管用和厉害。

若把房子卖给陈吉民，他肯定不会像冯三这样，任这院房子一年年地破落下去，那是一大家闲不住的人。他们会今天在院子里修个猪圈，明天盖一间小房子，后天又给墙上抹一层泥，甚至把院门堵掉重开个门。如果那样,这个院子就彻底给毁掉了。我宁愿时间把它夷为平地,也不想看到别人在它身上动手脚,最后将它改变得面目全非。房子有自己的命,我希望它能和我一样最终在时间里安静地死去。

我们搬走前陈吉民来过好几次。但我还是把他的相貌忘记了。那段日子父亲和母亲常提起陈吉民这个人,说他想买我们家的房子。所以我记住了这个名字。好像记忆中也有这样一个人,个子矮矮的,比父亲低一个头。一天下午我回来,见父亲领着一个人在看我们的房子,前前后后里里外外看了好长时间,连仓房都打开进去看了。

仓房是从来不让外人进去的,里面装着我们家所有的粮食,还有农具、皮货之类。这些东西都是不能让外人看见的,尤其仓里的粮食,那是一个家庭最大的秘密,多多少少,都不能让外人知道。仓房没有天窗和窗户,只在接近屋顶的高墙上,开着两个通风小洞口。房子里黑得啥都看不见。我们小的时候,谁也不敢进去。门用很大的铁锁锁着,钥匙在母亲那里,有时她打开门,进去摸索半天,端出一盆苞米或麦子。仓房里装着我们家一年的粮食,有时是好几年的粮食,粮堆顶到了房顶。个别的年成仓里所剩无几,我们节省着吃,半饱半饥地熬到了又一年的麦子长熟。

无论多少,粮食都黑黑地锁在仓房里,就像我们一家人黑黑地躺在那些长夜里。我们的睡眠像粮食一样没有人知道。没人知道我们梦见了什么,也没人知道我们没梦见什么。当这一家人秘密地睡着,谁敢说他们只是简单地活着。他们像伐倒的树一样横躺了一炕的长短身体,仅仅是为睡好了再起来干活吗?这场不为人知的深远睡眠中,他们中间的一个人,突然从土炕上坐起来,穿好衣服,梦幻般地飘走了。在外面,他看到月光将村庄和田野照亮得同白天一样。

父亲和陈吉民经过一下午的讨价还价,终于在天黑后说定了。我们家五间大房子、两间小耳房,加上牛圈总共卖七百八十块钱。父亲想争到八百块钱,费了很多口舌,没争上去。

晚上一家人在油灯下吃饭时,父亲说那个陈吉民太心细,把我们家房顶的椽子挨个数了一遍。

"数了多少根?"我问。我们天天躺在屋顶下面也没数过有几根椽子。

"他数了八十七根。"父亲说。

"不过仓房里的没数上,房子太黑看不清,我说了二十根,陈吉民不信,出来数了屋檐下的椽子头,只有十五个椽头。其实两个是假的,盖房时压上去的。幸亏仓房里看不清,都是些烂椽子,要是看清楚了说不定他不出这个价呢。"

我记得最清的是父亲和陈吉民站在外屋讨价还价的情景。

"光屋顶这根檩条就能卖一百多块钱。"父亲说,"村里谁不知道我这根梁,早先有人出过一百五十块钱我都没卖。要是拆下来,二百块都让人抢掉了。"

那是我们家房顶上最粗最直的一根木头,盖房时父亲将它刮得光光溜溜,特意担在里屋的顶上,让人一进门就能看见。

这根木头也确实为我们家长了不少面子。我听到不少人坐在我们家炕上聊天时,不止一次地赞赏过这根木头。他们围坐成一圈,边抽烟边说些人和牲口的事,说到没话处,便有人扬起头,对着木梁赞叹几句。无非是赞叹过多少遍的那些话:

"这根梁真直。"

"做啥都是根好材料呢。"

"就是。""就是。"其他人也赶紧帮几句嘴。话题自然就引到了木头上。父亲满脸放光,腰也挺直了。他扬起脸把那根让他引以为豪的胡杨木梁从大头看到小头,把他怎样弄到这根木头的经过再添油加醋地叙说一遍。人们边抽烟边听着。因为父亲每次说的都不太一样,每次都会加一些新内容,所以每次都能让人听下去。只有母亲不耐烦,她坐在炕的另一头纳鞋底,听到父亲吹牛便会奚落几句。

我们兄弟几个在地下或院子里玩耍,有时也会坐在大人们身后,悄无声息地听一下午。有时听到月高星稀。

母亲不喜欢那些男人们,说他们都是来混烟抽的。他们从来不带烟,烟瘾犯了就来找父亲说书聊天。父亲话越多他们越高兴听,反正没事情,熬时间,时间越长越能多抽几根。

"你吹牛呢。"陈吉民不相信父亲的话,"别看这个梁又粗又直,说不定里面早空了。胡杨树长到这么粗一般里面都长空了。要拆下来,没准儿只能当劈柴。"

"你净满嘴胡说,我还没听见谁说这根大梁不好呢。你说它空掉了,我让你听听,是不是空掉了。"

父亲生气了,他从外面拿来一截木头,对准大梁,狠劲地捣上去。只听到空洞而沉闷的一声巨响,我们全惊呆了。这幢房子从来没发出过这种响声。房梁上的尘土、草屑簌簌地落了一炕一地。

陈吉民家最终没有福气住进我们家的宅院。这或许是缘分。这院房子注定由光棍冯三孤守着,年复一年地破败下去。

第二天一早陈吉民来送定钱时,见我和父亲正在砍房边上的一棵柳树,他不愿意了。"已经说好把房子卖给我了。这树就全是我的了,你要再砍我可不愿意。我昨天已经数过了,大大小小一百八十七棵,交房子时少一棵我都不愿意。"

父亲愣了半天才回过神。

"啥。你说啥。我卖房子又没卖树。房前屋后的树我都要砍掉带走。"

"我买房子就是看上了这些树,要没这些树,五百块钱我都不要呢。"

两人说着说着吵骂起来。吵到后来父亲一生气不给陈吉民买了,再贵也不卖给他了。陈吉民也不买了,再便宜也不买了。

两个人成了仇人。

两个月后,我们全家搬出黄沙梁。光棍冯三住进了这个空荡荡的大院子。全部房子作价五百五十块钱卖给了冯三。能成点材的树,都被我们砍倒拉走了。房子前面和左右林带仅剩下几棵半大的小榆树。那是留给冯三的。我们砍树时冯三一直站在旁边看。我们砍了一整天。我们每年都在房子周围栽树，栽了十几年。我们走进这个家园时，只有房前屋后长着两排树，现在前后左右都已绿树成荫。

砍到剩下不多几棵时，冯三走过来说话了。他说："这几棵留给我乘凉吧。别全砍光了。你们以后来黄沙梁，也有个乘凉的地方。"

二十多年后的一个炎热秋天，我果真站在了当时留下的一棵弯柳树下面。那棵树好像还是我们离开时的大小和样子，这么多年它似乎一点没长，稀疏的枝条上稀落地缀着些叶子，没多少树荫，却已经足够我乘凉了。

我改变的事物

　　我年轻力盛的那些年，常常扛一把铁锨，像个无事的人，在村外的野地上闲转。我不喜欢在路上溜达，那个时候每条路都有一个明确去处，而我是个毫无目的的人，不希望路把我带到我不情愿的地方。我喜欢一个人在荒野上转悠，看哪不顺眼了，就挖两锨。那片荒野不是谁的，许多草还没有名字，胡乱地长着。我也胡乱地生活着，找不到值得一干的大事。在我年轻力盛的时候，那些很重很累人的活都躲得远远的，不跟我交手。等我老了没力气时又一件接一件来到生活中，欺负一个老掉的人。这也许就是命运。

　　有时，我会花一晌午工夫，把一个跟我毫无关系的土包铲平，或在一片平地上挖一个无辜的大坑。我只是不想让一把好锨在我肩上白白生锈。一个在岁月中虚度的人，再搭上一把锨、一幢好房子，甚至几头壮牲口，让它们陪你虚晃荡一世，那才叫不道德呢。当然，在我使唤坏好几把铁锨后，也会想到村里老掉的一些人，没见他们干出啥大事便把自己使唤成这副样子，腰也弯了，骨头也散架了。

　　几年后当我再经过这片荒地，就会发现我劳动过的地上有了些变化，以往长在土包上的杂草下来了，和平地上的草挤在一起，再显不出谁高谁低。而我挖的那个大坑里，深陷着一窝子墨绿。这时我内心的激动别人是无法体会的——我改变了一小片野草的布局和长势。就因为那么几锨，这片荒野的一个部位发生变化了，每个夏天都落到土包上的雨，从此再找不到这个土包。每个冬天也会有一些雪花迟落地一会儿——我挖的这个坑增大了天空和大地间的距离。对于跑过这片荒野的一头驴来说，这点变化算不了什么，它在荒野上随便撒泡尿也会冲出一个不小的坑来。而对于世代生存在这里的一只小虫，这点变化可谓地覆天翻，有些小虫一辈子都走不了几米，在它的领地随便挖走一锨土，它都会永远迷失。

　　有时我也会钻进谁家的玉米地，蹲上半天再出来。到了秋天就会有一两株玉米，鹤立鸡群般耸在一片平庸的玉米地中。这是我的业绩，我为这户人家增收了几斤玉米。哪天我去这家借东西，碰巧赶上午饭，我会毫不客气地接过女主人端来的一碗粥和半块玉米饼子。

　　我是个闲不住的人，却永远不会为某一件事去忙碌。村里人说我是个"闲锤子"，他们靠一年年的勤劳改建了家园，添置了农具和衣服。我还是老样子，他们不知道我改变了什么。

　　一次，我经过沙沟梁，见一棵斜长的胡杨树，有碗口那么粗吧，我想它已经歪着身子活了五六年了。我找了根草绳，拴在邻近的一棵榆树上，费了很大劲把这棵树拉直。干完这件事我就走了。两年后我回来的时候，一眼看见那棵歪斜的胡杨已经长直了，既挺拔又壮实。拉直它的那棵榆树却变歪了。我改变了两棵树的长势，而现在，谁也改变不了它们了。

我把一棵树上的麻雀赶到另一棵树上，把一条渠里的水引进另一条渠。我相信我的每个行为都不同寻常地充满意义。我是一个平常的人，住在这样一个偏僻小村庄里，注定要无所事事地闲逛一辈子。我得给自己找点闲事，找个理由活下去。

我在一头牛屁股上拍了一锨，牛猛蹿几步，落在最后的这头牛一下子到了牛群最前面，碰巧有个买牛的人，这头牛便被选中了。对牛来说，这一锨就是命运。我赶开一头正在交配的黑公羊，让一头急得乱跳的白公羊爬上去，这对我只是个小动作，举手之劳。羊的未来却截然不同了，本该下黑羊羔的这只母羊，因此只能下只白羊羔了。黑公羊肯定会恨我的，我不在乎。恨我的那只羊和感激我的那只羊，都在牧羊人吆喝里，尘土飞扬地翻过了沙梁。

当我五十岁的时候，我会很自豪地目睹因为我而成了现在这个样子的大小事物，在长达一生的时间里，我有意无意地改变了它们，让本来黑的变成白，本来向东的去了西边……而这一切，只有我一个人清楚。

我扔在路旁的那根木头，没有谁知道它挡住了什么。它不规则地横在那里，是一种障碍，一段时光中的堤坝，又像是一截指针，一种命运的暗示。每天都会有一些村民坐在木头上，闲扯一个下午。也有几头牲口拴在木头上，一个晚上去不了别处。因为这根木头，人们坐到了一起，扯着闲话商量着明天、明年的事。因此，第二天就有人扛一架农具上南梁坡了，有人骑一匹快马上胡家海子了……而在这个下午之前，人们都没想好该去干什么。没这根木头生活可能会是另一个样子。坐在一间房子里的板凳上和坐在路边的一根木头上商量出的事肯定是完全不同的两种结果。

多少年后当眼前的一切成为结局，时间改变了我，改变了村里的一切。整个老掉的一代人，坐在黄昏里感叹岁月流逝、沧桑巨变。没人知道有些东西是被我改变的。在时间经过这个小村庄的时候，我帮了时间的忙，让该变的一切都有了变迁。我老的时候，我会说，我是在时光中活老的。

住多久才算是家

我喜欢在一个地方长久地生活下去——具体点说,是在一个村庄的一间房子里。如果这间房子结实,我就不挪窝地住一辈子。一辈子进一扇门,睡一张床,在一个屋顶下御寒和纳凉。如果房子坏了,在我四十岁或五十岁的时候,房梁朽了,墙壁出现了裂缝,我会很高兴地把房子拆掉,在老地方盖一幢新房子。

我庆幸自己竟然活得比一幢房子更长久。只要在一个地方久住下去,你迟早会有这种感觉。你会发现周围的许多东西没有你耐活。树上的麻雀有一天突然掉下一只来,你不知道它是老死的还是病死的。树有一天被砍掉一棵,做了家具或当了烧柴。陪伴你多年的一头牛,在一个秋天终于老得走不动。算一算,它远没有你的年龄大,只跟你的小儿子岁数差不多,你只好动手宰掉或卖掉它。

一般情况下,我都会选择前者。我舍不得也不忍心把一头使唤老的牲口再卖给别人使唤。我把牛皮钉在墙上,晾干后做成皮鞭和皮具。把骨头和肉炖在锅里,一顿一顿吃掉。这样我才会觉得舒服些,我没有完全失去一头牛,牛的某些部分还在我的生活中起着作用,我还继续使唤着它们。尽管皮具有一天也会被磨断,拧得很紧的皮鞭也会被抽散,扔到一边。这都是很正常的。

甚至有些我认为是永世不变的东西,在我活过几十年后,发现它们已几经变故,面目全非。而我,仍旧活生生的,虽有一点衰老迹象,却远不会老死。

早年我修房后面那条路的时候,曾想到这是件千秋功业,我的子子孙孙都会走在这条路上。路比什么都永恒,它平躺在大地上,折不断、刮不走,再重的东西它都能经住。

有一年一辆大卡车开到村里,拉着一满车铁,可能是走错路了,想掉头回去。村中间的马路太窄,转不过弯。开车的师傅找到我,很客气地说要借我们家房后的路走一走,问我行不行。我说没事,你放心走吧。其实我是想考验一下我修的这段路到底有多结实。卡车开走后我发现,路上只留下浅浅的两道车辙辘印。这下我更放心了,暗想,以后即使有一卡车黄金,我也能通过这条路运到家里。

可是,在一年后的一场雨中,路却被冲断了一大截,其余的路面也泡得软软的,几乎连人都走不过去。雨停后我再修补这段路面时,已经不觉得道路永恒了,只感到自己会生存得更长久些。以前我总以为一生短暂无比,赶紧干几件长久的事业留传于世。现在倒觉得自己可以久留世间,其他一切皆如过眼烟云。

我在调教一头小牲口时,偶尔会脱口骂一句:畜牲,你爷爷在我手里时多乖多卖力。骂完之后忽然意识到，又是多年过去。陪伴过我的牲口、农具已经消失了好几茬，而我还那样年轻有力、信心十足地干着多少年前的一件旧事。多少年前的村庄又浮现在脑海里。

如今谁还能像我一样幸福地回忆多少年前的事呢。那匹三岁的儿马，那只一岁半的母猪，以及路旁林带里只长了三个夏天的白杨树，它们怎么会知道几十年前发生在村里的那些事情呢。它们来得太晚了，只好遗憾地生活在村里，用那双没见过世面的稚嫩眼睛，看看眼前能够看到的；听听耳边能够听到的，却对村庄的历史一无所知，永远不知道这堵墙是谁垒的，那条渠是谁挖的。谁最早蹚过河开了那一大片荒地，谁曾经乘着夜色把一大群马赶出村子，谁总是在天亮前提着裤子翻院墙溜回自己家里……这一切，连同完整的一大段岁月，被我珍藏了。成了我一个人的。除非我说出来，谁也别想再走进去。

当然，一个人活得久了，麻烦事也会多一些。就像人们喜欢在千年老墙万年石壁上刻字留名以求共享永生，村里的许多东西也都喜欢在我身上留印迹。它们认定我是不朽之物，咋整也整不死。我的腰上至今留着一头母牛的半只蹄印。它把我从牛背上掀下来，朝着我的光腰杆就是一蹄子。踩上了还不赶忙挪开，直到它认为这只蹄印已经深刻在我身上了，才慢腾腾移动蹄子。我的腿上深印着好几条狗的紫黑牙印，有的是公狗咬的，有的是母狗咬的。它们和那些好在文物古迹上留名的人一样，出手隐蔽敏捷，防不胜防。我的脸上身上几乎处处有蚊虫叮咬的痕迹，有的深，有的浅。有的过不了几天便消失了，更多的伤痕永远留在身上。而留在我心中的东西就更多了。

我背负着曾经与我一同生活过的众多生命的珍贵印迹,感到自己活得深远而厚实,却一点不觉得累。有时在半夜腰疼时,想起踩过我、已离世多年的那头母牛,它的毛色和花纹。有时走路腿困时,记起曾咬伤我的一条黑狗的皮,还展展地铺在我的炕上,当了多年的褥子。我成了记载村庄历史的活载体,随便触到哪儿,都有一段活生生的故事。

在一个村庄活久了,就会感到时间在你身上慢了下来、而在其他事物身上飞快地流逝着。这说明,你已经跟一个地方的时光混熟了。水土、阳光和空气都熟悉了你,知道你是个老实安分的人,多活几十年也没多大害处。不像有些人,有些东西,满世界乱跑,让光阴满世界追他们。可能有时他们也偶尔躲过时间,活得年轻而滋润。光阴一旦追上他们就会狠狠报复一顿,一下从他们身上减去几十岁。事实证明,许多离开村庄去跑世界的人,最终都没有跑回来,死在外面了。他们没有赶回来的时间。

平常我也会自问:我是不是在一个地方生活得太久了。土地是不是已经烦我了。道路是否早就厌倦了我的脚印,虽然它还不至于拒绝我走路。事实上我有很多年不在路上走了,我去一个地方,照直就去了,水里草里。一个人走过一些年月后就会发现,所谓的道路不过是一种摆设,供那些在大地上瞎兜圈子的人们玩耍的游戏。它从来都偏离真正的目的。不信去问问那些永远匆匆忙忙走在路上的人，他们走到自己的归宿了吗，没有。否则他们不会没完没了地在路上转悠。

而我呢，是不是过早地找到了归宿，多少年住在一间房子里，开一个门，关一扇窗，跟一个女人睡觉。是不是还有另一种活法，另一番滋味。我是否该挪挪身，面朝一生的另一些事情活一活。就像这幢房子，面南背北多少年，前墙都让太阳晒得发白脱皮了。我是不是把它掉个个儿，让一向阴潮的后墙根也晒几年太阳。

这样想着就会情不自禁在村里转一圈，果真看上一块地方，地势也高，地盘也宽敞。于是动起手来，花几个月时间盖起一院新房子。至于旧房子嘛，最好拆掉，尽管拆不到一根好檩子，一块整土块。毕竟是住了多年的旧窝，有感情，再贵卖给别人也会有种被人占有的不快感。墙最好也推倒，留下一个破墙圈，别人会把它当成天然的茅厕，或者用来喂羊圈猪，甚至会有人躲在里面干坏事。这样会损害我的名誉。

当然，旧家具会一件不剩地搬进新房子，柴火和草也一根不剩拉到新院子。大树砍掉，小树连根移过去。路无法搬走，但不能白留给别人走。在路上挖两个大坑。有些人在别人修好的路上走顺了，老想占别人的便宜，自己不愿出一点力。我不能让那些自私的人变得更加自私。

我只是把房子从村西头搬到了村南头。我想稍稍试验一下我能不能挪动。人们都说：树挪死，人挪活。树也是老树一挪就死，小树要挪到好地方会长得更旺呢。我在这块地方住了那么多年，已经是一棵老树，根根脉脉都扎在了这里，我担心挪不好把自己挪死。先试着在本村里动一下，要能行，我再往更远处挪动。

可这一挪麻烦事跟着就来了。在搬进新房子的好几年间，我收工回来经常不由自主地回到旧房子，看到一地的烂土块才恍然回过神。牲口几乎每天下午都回到已经拆掉的旧圈棚，在那里挤成一堆。我的所有的梦也都是在旧房子。有时半夜醒来，还当是门在南墙上。出去解手，还以为茅厕在西边的墙角。

不知道住多少年才能把一个新地方认成家。认定一个地方时或许人已经老了，或许到老也无法把一个新地方真正认成家。一个人心中的家，并不仅仅是一间属于自己的房子，而是长年累月在这间房子里度过的生活。尽管这房子低矮陈旧，清贫如洗，但堆满房子角角落落的那些黄金般珍贵的生活情节，只有你和你的家人共拥共享，别人是无法看到的。走进这间房子，你就会马上意识到：到家了。即使离乡多年，再次转世回来，你也不会忘记回这个家的路。

我时常看到一些老人，在晴朗的天气里，背着手，在村外的田野里转悠。他们不仅仅是看庄稼的长势，也在瞅一块墓地。他们都是些幸福的人，在一个村庄的一间房子里，生活到老，知道自己快死了，在离家不远的地方，择一块墓地。虽说是离世，也离得不远。坟头和房顶日夜相望，儿女的脚步声在周围的田地间走动，说话声、鸡鸣狗吠时时传来。这样的死没有一丝悲哀，只像是搬一次家。离开喧闹的村子，找个清静处待待。地方是自己选好的，棺木是早几年便吩咐儿女们做好的。从木料、样式到颜色，都是照自己的意愿去做的，没有一丝让你不顺心不满意。

唯一舍不得的便是这间老房子，你觉得还没住够，亲人们也这么说：你不该早早离去。其实你已经住得太久太久，连脚下的地都住老了，头顶的天都活旧了。但你一点没觉得自己有多么"不自觉"。要不是命三番五次地催你，你还会装糊涂生活下去，还会住在这间房子里，还进这个门，睡这个炕。

我一直庆幸自己没有离开这个村庄，没有把时间和精力白白耗费在另一片土地上。在我年轻的时候、年壮的时候，曾有许多诱惑让我险些远走他乡，但我留住了自己。我做得最成功的一件事，是没让自己从这片天空下消失。我还住在老地方，所谓盖新房搬家，不过是一个没有付诸行动的梦想。我怎么会轻易搬家呢。我们家屋顶上面的天空，经过多少年的炊烟熏染，已经跟别处的天空大不一样。当我在远处，还看不到村庄，望不见家园的时候，便能一眼认出我们家屋顶上面的那片天空，它像一块补丁，一幅图画，不管别处的天空怎样风云变幻，它总是晴朗祥和地贴在高处，家安安稳稳坐落在下面。家园周围的这一窝子空气，多少年被我吸进呼出，也已经完全成了我自己的气息，带着我的气味和温度。我在院子里挖井时，曾潜到三米多深的地下，看见厚厚的土层下面褐黄色的沙子，水就从细沙中缓缓渗出。而在西边的一个墙角上，我的尿水年复一年已经渗透到地壳深处，那里的一块岩石已被腐蚀得变了颜色。看看，我的生命上抵高天，下达深地。这都是我在一个地方地久天长生活的结果。我怎么会离开它呢。

图书在版编目（CIP）数据

一缕炊烟升起 / 刘亮程著. -- 成都：四川文艺出版社, 2025.5. -- ISBN 978-7-5411-7230-4
Ⅰ.I267
中国国家版本馆CIP数据核字第2025MB7473号

YILÜ CHUIYAN SHENGQI
一缕炊烟升起
刘亮程 著

出 品 人	冯　静
出版统筹	刘运东
特约监制	王兰颖
责任编辑	李国亮　朱丽巧
选题策划	王兰颖
特约编辑	王雨亭　陈思宇
营销统筹	张　静
封面设计	刘树栋
责任校对	段　敏

出版发行　四川文艺出版社（成都市锦江区三色路238号）
网　　址　www.scwys.com
电　　话　010-85526620

印　　刷　天津鑫旭阳印刷有限公司
成品尺寸　145mm×210mm　　开　本　32开
印　　张　7.5　　　　　　　字　数　151千字
版　　次　2025年5月第一版　印　次　2025年5月第一次印刷
书　　号　ISBN 978-7-5411-7230-4
定　　价　48.00元

版权所有・侵权必究。如有质量问题，请与本公司图书销售中心联系更换。010-85526620